塵世情緣

長篇現代聊齋小說

陳瀅 著

目錄
contents

塵世情緣

搜神志異　亦幻亦真

江南風

　　陳瀅是一個喜歡舞文弄墨的女子，在她寫下的那些文字中，幾乎找不到諸如花前月下、你情我愛之類的小女人情調，也難以讓人從中一窺關涉她個人的一己悲歡、兒女情長，她所情有獨鍾的居然是鬼狐神怪的聊齋故事。閱讀她發表在全國有關報刊上的作品，如《不同的命運》（《故事會》）、《穿著破衣戴著草帽的狼》（《東方養生》）、《會報復的狗》（《恐怖線上》）、《孽子的謎語》（《新聊齋》）等，或恐怖或離奇，營造出亦幻亦真的氛圍，涉筆成趣、警世喻人，頗具蒲松齡《聊齋志異》之神韻。

　　陳瀅給自己的寫作有一個明確的定義，那就是「把生活交給故事，把浪漫賦予聊齋」，她最新創作的長篇聊齋小說《塵世情緣》亦承繼了搜神志異的「聊齋」文脈。

　　小說之於中國，最早見於《莊子‧外物》篇：

　　　　飾小說以干縣令，其於大達亦遠矣。

　　把小說與大達對舉。大達即大道理，而小說即指一些淺薄瑣碎的言論。《漢書‧藝文志》小說類序說：

塵世情緣

> 小說家者流，蓋出於稗官，街談巷語、道聽塗說者之所造也。

所謂「街談巷語、道聽塗說」者，其「神話與傳說」往往是口頭文學的主流，當然還有更多的民間故事未被「稗官」採集入書，大多是自生自滅了。有幸被以「雅言」單獨紀錄彙編成著作的，就是包括流傳至今的《太平廣記》、《搜神記》、《世說新語》等這類文言小說。這類「志怪小說」所寫的基本上是傳奇志怪、神仙靈異、因果報應、人鬼交往等，對於蒲松齡所作《聊齋志異》具有直接的影響。所以，蒲松齡在《聊齋自志》中寫下了「才非幹寶，雅愛搜神」這八個字。緣此，中國的小說可以從「志怪」、「聊齋」找到真正的源頭。

陳瀅的《塵世情緣》虛構了一座人間之外、原始森林裏的石頭城，所有的居民皆是人間屈死枉死的冤鬼以及修煉成精的妖狐。不論是鬼還是狐，他們都有悲歡離合的動人故事、難解難分的人間不了情。這座與世隔絕的石頭城，寧靜而又安逸，居民們友好相處、忠孝仁善、救死扶傷、樂於相助。而從電視、電腦、電話機、飲水機這些時尚用品中，又讓人彷彿感到這石頭城其實是離我們不遠的一座現代化城市。這座石頭城，原是人間的真實而又虛幻的景象，其鬼狐亦折射著塵世中的人生。小說中的楊丹無法忍受丈夫張偉強的感情欺騙而憤然跳崖自盡；楊江淘因為妻子玲玲偷情與別的男人生下了兒子而臥軌自殺；曉晴因網戀失意而殉情……而在石頭城，他們死而復生後，割捨不下的依然是人間的親情、人間的事業。而胡淨、白松林、翠蓮等都是修煉成精

的狐狸，他們知恩圖報、樂善好施、仗義助人，正如魯迅論《聊齋》所言：「花妖狐魅，多具人情」。

陳瀅在《塵世情緣》中對於人、鬼、狐的描寫，可見其鮮明的人生態度與思想取向。在小說中，我們看到陳瀅對於楊丹、楊江淘、曉晴他們草率地辭別人世，在深深的同情中予以溫婉的批判。每個人都應該尊重生命、對家庭、對事業負責，而不應一死了之。從石頭城通向人間的唯一通道只是一間「夢幻室」。這夢幻之門，只是狐仙施的法術，可以讓他們在夢幻中與家人短暫地團聚。這是人死不能復生一個警喻。而楊丹她們通過夢幻室回到人間，無不充滿了痛苦的牽掛。所以任何的輕生自盡，都是不足取的。然而，捨生取義的死亡是值得讚美的，如李倩為解救兩個被拐賣的兒童、在人口販子的追殺之下驅車駛向大海。

陳瀅在這部聊齋小說中，對於人間的醜惡現象給予了激烈的抨擊，如劉書富貪圖美味錢財，宰殺了修煉一千三百多年的狐狸，結果遭來滅門慘禍；南方神漢趙鳳有因為得知修煉成精的蛇眼是價值連城的夜明珠，便設計禍害蛇仙，反誤了卿卿小命；官至丞相的馬青山，爭權奪利、趨炎附勢，竟然要剜了繼母的雙眼獻於皇上，多行不義必自斃……凡此種種，陳瀅的凌厲之筆決不寬恕，縱然有失溫情，實因人類貪戀權貴、追逐財富、忘恩負義、背叛真情等等而迷失了本性，其醜陋積習，當予誅之。

對於人類而言，珍愛生命、善待他人，與大自然和諧相處，如同莊子所說的：「天地與我並生，萬物與我合一」，這才是人類真、善、美的文明境界。至於小說中出現的「因果報應」之說，事

實上是在警示紅塵中人不要為了一已私利而生謀害之心，塗炭生靈
者終是毀人毀已。陳瀅通過這部《塵世情緣》，曲折而又分明地表
達了對人類世界的大關懷。

　　作為一部當代的長篇聊齋小說，《塵世情緣》在小說叢林中，
顯示出了獨特的韻味。陳瀅創造了「石頭城」這樣一個超現實的他
界：神界、冥界與妖界，並把這個「他界」作為我們的現實世界來
觀照與描寫，因而，小說中所體現的愛與恨、善與惡、是與非等思
想指向，皆與人類世界緊密相連、息息相關。陳瀅具有一種超乎尋
常的想像力，對於「他界」的敘述，天馬行空、繪聲繪色，而描寫
「人間」的故事，則是貼近現實、絲絲入扣。整部小說情節曲折、
形象生動。「人間」與「他界」時空交錯、自由轉換。

　　正是塵世間的恩怨情仇，才讓人神鬼狐眷戀不已。

楔子

生死兩茫茫，長生成原望，千載修行志，有心踐理想。

在莽莽的原始森林裏，有一隻叫胡淨的小狐狸。有一天，它正和母親一起在尋找食物時，忽然看到一隻老狐狸躺在路邊，一動也不動，於是它問母親：「媽媽，這個伯伯怎麼了？」母親淡淡地說：「它死了。」胡淨問：「為什麼要死？」母親說：「老了就要死的。我也一樣，你也一樣，老了就要死的。」

胡淨聽了母親的話很傷感，它不願意這樣糊裏糊塗地生老病死，了此一生，於是它又問：「那麼怎樣才能不死呀？」

母親歎道：「修煉。不過修煉也只是一種理想，還沒有看到過誰修煉成了不死之身呢。快走吧，天快黑了，我們要去尋找食物。」

修煉，讓自己的生命得到永恆！

這是多少生靈夢寐以求的理想！

漸漸長大的小狐狸胡淨懷著堅定的夢想，告別了父母，離開家鄉，去遠方尋找一個安靜的地方修煉。走啊走、找啊找，無數個日日夜夜就這樣匆匆逝去。

這一天，小狐狸胡淨來到了一座孤山。這山四周方圓百里，是原始的花梨木森林，森林外面是起伏連綿的山脈。這座孤山在茂密的原始森林裏，只是露出不是很高的山尖，被四周的山脈一圍，外面就根本看不到這樣一座山。幽靜、神祕而富有靈氣。

在這座孤山裏，有個幽深寧靜的溶洞，大約形成於二億五千萬年前的地殼運動，洞內擁有大小景觀六百餘處，景色奇妙、瑰麗。最為奇特的是，溶洞裏面的石壁上有座佛祖的神像。

小狐狸胡淨心想：這是上天賜給我的修煉之地。於是，它就面對石壁上的佛像，不分晝夜苦心修煉。

斗轉星移，小狐狸胡淨不知不覺已經修煉了一千多年。忽一日，它正在潛心修煉，只聽天崩地裂一聲巨響，待它睜開眼睛一看，只見整個山洞轟然倒塌下來。胡淨沒有躲閃也沒有驚恐，它想：如果葬身於這溶洞是上天的懲罰，也許自己什麼地方冒犯了天條而未知，既然是上天的懲罰，我無怨無悔這已修煉一千三百年的道行了。

它閉著眼睛等待著……

「胡淨！」

內心正坦然等待著死亡的胡淨，忽然聽到有聲音叫它的名字，便睜開眼來，驚訝不已。它看到了蔚藍的天空下，一朵祥雲漂浮著繚繞在上空，祥雲上閃著絢麗金彩之光，觀音菩薩盤坐蓮花之上。只見觀音菩薩左手環抱插著翠綠柳枝的淨瓶，右手執拂塵，潔白的拂塵尾搭在了左臂之上。觀音菩薩正面帶微笑，慈祥地看著胡淨。

「啊……觀音菩薩！」胡淨急忙跪下便拜。

　　就在它拜見觀音菩薩的同時，它發現自己潛心修煉的山和溶洞都消失了，展現在眼前的是一座別緻的城市。整座城市一條條整齊的街道，寬敞整潔，房屋全是石頭建造的。有精緻的歇山式屋頂、飛簷翹角，古樸中透著秀美的石頭房子，還有佈局宏偉、氣宇軒昂的兩層石頭樓房。城市的四周方圓百里沒有了原始森林，而是一片片肥沃的糧田，城裏城外都是忙碌的人們。

　　明明是剛才倒塌的大山，怎麼變成了一座城市？這些居民是什麼時候住進來的？這到底是千年還是瞬間？

　　「胡淨，你不要多想了。城市是該有的城市，人是該來之人。胡淨，你已修煉成人，可是你還有一段塵世姻緣。要在五十年後，了卻這段塵世姻緣，才能登入仙界。」

　　聽到觀音菩薩的話，胡淨急忙分辨說：「可是……觀音菩薩，胡淨一心修煉，沒有一點的紅塵夙願。」

　　觀音菩薩微笑著說：「你註定還有一番事業；一段姻緣和塵世間的七情六慾。去吧，去找你該找的人。一切玄機都在你的靈性裏。」

　　就在胡淨一抬頭之際，觀音菩薩右手一揚，拂塵輕輕掠過胡淨的頭頂，頓時它覺得渾身燥熱，接著是一個寒顫，復歸平靜。

塵世 情緣

第一章　煙塵往事

三界皆有因果緣，苦樂悲歡冥淵鑒。

腳下踏人己無痛，竊獲幸福獨自歡。

世人泯性多貪婪，往事不堪莫回觀。

一

灰色的天空，雲層壓得很低，給人一種窒息般的感覺。西北風低沉地嗚咽著，片片落葉在風中旋轉著迷失了方向。任憑風兒把它摔向岩石，拋向路邊的泥潭，甚至扔進洶湧的海水裏。

楊丹站在懸崖上，理了理凌亂的頭髮，撣了撣衣服。仰天長歎道：「蒼天啊，你為何這樣對待我？」說完，她閉上眼睛縱身一躍，猶如一片落葉飄向蔚藍色的海面。驚飛的海鷗哀鳴著撲扇著翅膀。

驚鴻哀鳴羽翼顫，怒濤猛拍岸。

狂風嗚咽天淚濺，人間悲劇添。

結此恨，赴黃泉，了然魂魄散。

憤然拋下紅塵怨，容隕花自殘。

楊丹曾經是位品學兼優的好學生，熱情開朗不知愁滋味的百靈

鳥。天生麗質，被同學譽為校花。追求者排起長長的隊伍，而她卻選擇了張偉強，一個來自貧困山區的大學生。

畢業後，張偉強就業於進出口公司，楊丹在政府部門做了祕書，第二年他們走進了婚姻的殿堂。然而，婚後的張偉強建議暫時不要孩子，他說要先幹出一番事業後再要孩子，他不想因為家庭拴住前進的步伐。丈夫以事業為重，楊丹感到很高興，為了支持丈夫，她同意了丈夫的建議。

張偉強是個出色的男人，積極、勤奮的工作得到了領導的賞識，第二年被分配到廣東分公司擔任了經理。這對恩愛的夫妻不願做牛郎織女，於是，楊丹辭去市長辦公室祕書的職務，隨丈夫同赴廣州。應聘在廣州的一家紡織品公司，在營銷部門工作。由於成績突出，很快升職為營銷部的副經理。

第二年中秋節前夕，楊丹突然不思飲食，還經常嘔吐，人也憔悴了很多。在一個雙休日，張偉強準備帶楊丹去醫院檢查一下。然而官身不由已，臨出門時，公司來了電話，有急事要辦。張偉強不能陪妻子一起前往了：「丹丹，真抱歉，不能陪你去醫院了。」

「沒關係，工作要緊，我一個人去好了。反正不是什麼大不了的病，老公，你不要為我分心。放心的去吧。」

「老婆，你真好。有你這樣通情達理的好老婆真是我的福氣。」張偉強說著給了妻子一個甜甜的吻。

楊丹一個人來到了醫院，掛號，檢查，化驗。

「恭喜你，你懷孕了。」醫生笑著說。

「懷孕了？」楊丹一聽，別提有多開心，結婚四年了，她早就

想要個寶寶了，只是丈夫一再推脫。這次意外懷孕，真是上天賜給他們的寶貝。

楊丹把化驗單放在挎包中，然後把包兒抱在懷裏，彷彿抱著可愛的寶寶一樣滿足和幸福。她想：這個小傢伙來的還真是時候，知道爸爸事業有成，不請自來。如果老公得知了這個好消息，一定會高興的把我抱起來，然後撫摸著他的兒子並且悄悄地和寶寶說話。

回到家，楊丹沒有給丈夫打電話，她想等他回來，再給他這個驚喜。

這個粗心的張偉強，工作起來把什麼事都能忘記。一整天也沒打電話來問問妻子檢查得怎麼樣了。晚上回來，張偉強愧疚的說：「你看我怎麼這樣沒心沒肺，竟然忘記問你了。丹丹，醫生怎麼說？是什麼病？」張偉強從後邊摟著妻子的脖子，臉貼在楊丹的臉上，關切地問道。

「是好病呢……」楊丹笑著調皮地說。

「好病？病還有好的，快告訴我是什麼病。」

楊丹轉過身來在丈夫的耳邊輕輕地說：「老公，你要做爸爸了！我們有寶寶了。」

「什麼？」張偉強吃驚地問。

「你要做爸爸了，看把你高興的，都傻了吧。」

「我要做爸爸了？太早了，這孩子來的真不是時候！」

「現在你事業有成，正是時候嘛。我們的寶寶會算的。」

「今天總公司的老總來，說要我出國考察一年，老婆，我哪有精力照料你們母子……」

「我不用你照料，我會照顧好自己和孩子的。」

「可是……我人在國外，心還是牽扯你們，這樣我怎麼能安心。我看還是再等一等吧！」

「現在小生命都來了，還怎麼等？」

「先墮胎，我們都還年輕，不能因為家庭而影響事業。」

「什麼？墮胎？虧你想得出。想扼殺我的孩子，想都別想。」

「老婆，你怎麼這麼不可理喻？你也不為我想想，你以為我願意這樣做嗎？那是我的骨肉，我的心都碎了。可是我沒有選擇的餘地，我理解你的心情，所以我也希望你也理解我。」

夫妻倆人各不相讓。楊丹輕輕地撫摸著小腹，流著淚安慰著腹內的骨肉：「寶寶不怕，媽媽不會讓任何人傷害你的，媽媽自己可以帶你。乖乖寶寶不怕。」

然而賢慧的楊丹最終還是屈服於丈夫，這個小生命就這樣過早地被父親的軟刀殺死了。

張偉強精心照料著墮了胎的楊丹。在楊丹恢復健康後，張偉強出國進修了，然而時間卻是僅僅兩個月。

二

時間過得真快，轉眼又一個中秋節到了，也是楊丹墮胎的一周年。張偉強經常是應酬到深夜才回來，回來總是很疲憊的樣子，躺下後也沒有精力和妻子說話聊天，很快就入睡了。中秋節這天，正好是雙休日，可是張偉強還是在忙他的事業，沒有時間和妻子一起過中秋。身在異鄉的楊丹覺得十分孤單，她想念雙親，同時也想起

這個中秋節是自己那沒有見過面的寶寶周年祭，如果不墮胎，寶寶應該出世三、四個月了。她越想越傷心，於是擦乾眼淚出門去散散心。

不知不覺中，楊丹居然來到了兒童公園。既然來了，就買了票進去，當看到一對對夫妻帶著孩子來到公園，孩子們高興的玩耍著，大人們在一旁幸福注視著，楊丹羨慕極了，要是我的寶寶生下來的話……想到這兒，淚水模糊了她的視線。她找了把椅子坐了下來。

「亮亮小心！」一個熟悉的聲音傳進耳膜。楊丹很自然地站了起來，順著聲音看去，突然看到自己的丈夫張偉強正和一個少婦注視著旋轉椅上的男孩，楊丹傻了，張偉強不是說公司有事嗎？怎麼會在這裏？那女人是誰？那孩子又是誰？

「爸爸，我要你和我一起上來玩……」稚氣的童音猶如一枚重磅炸彈，把楊丹震得一陣眩暈而差點倒下。

「爸爸要是坐上去，這椅子會掉下來哦，爸爸和媽媽在看著亮亮，好兒子乖……」張偉強說著把手搭在了那少婦的肩上，少婦幸福地依偎張偉強的胸前。

楊丹猶如掉進萬丈深淵，腳下像踩在棉花堆裏一般，搖晃了幾下，好險暈倒，她強迫自己鎮靜下來，然後定了定神，走了過去。

看到妻子出現在面前，張偉強吃驚地問：「楊丹，你……你怎麼來這裏了？」

「你到底還要隱瞞多久？我不來這兒，你就永遠地欺騙下去嗎？她是誰？」楊丹臉色灰白，顫抖著嘴唇問道。

「她、她……她是我青梅竹馬的戀人小玲，我兒子的媽媽，因為我和你還沒有離婚，所以還沒和她領結婚證。」張偉強鎮靜了一下，說道：「我最近一直想對你說，只是沒有找到合適的機會。既然你看到了，那我現在就實說了吧。當初我追求你，是因為我不想離開X市，雖然我也愛你，但是我更愛她。我之所以不要孩子，是不想耽誤你，給你以後造成再婚的負擔，我完全是為你打算。這是我的兒子亮亮，五歲了……」

楊丹再也沒有任何抵抗力，來承受這一枚枚重磅炸彈，只看到張偉強的嘴在動，臉在扭曲。她萬念俱灰地離開了兒童公園，坐上計程車去了郊外，在盤山公路上下了車。她神情恍惚，耳畔只是轟響著張偉強的聲音：「她是我青梅竹馬的戀人、她是我青梅竹馬的戀人……」

楊丹無法接受這個事實，無法承受這沉重的打擊，她攀上了懸崖，面向大海，她決意走向人生的不歸路……

飄忽間，楊丹來到閻羅殿，這時飄過來一個顏色如同乾血漿樣、紫黑色模糊不清半透明狀，有一個巴掌大小的東西。那東西拉住了楊丹的衣襟撕扯著，哭著問楊丹：「你為什麼那麼殘忍那麼無情？既然我投奔你們去了，你們就不該殺死我，弄得我成了一個沒有形狀，沒有位置的飄魂，你知道這一年的時間我是怎麼過來的嗎？我整日都是在饑寒交迫中度過，你為什麼要害我……」那聲音模糊而幽怨，楊丹正不知道如何是好的時候，有個當差的鬼魂趕走了那個飄忽的小東西。

楊丹一抬頭，看見閻君坐在寶座上。

這時，閻君威嚴地說：「楊丹，剛才那個飄魂就是你墮掉的胎兒。你可知道，自你懷孕的那一天起，就有一個靈魂守護著。那靈魂和胎兒一起共生共死。然而你墮了胎，那肉體與靈魂都還沒成型，便成為了飄魂。飄魂沒有地位，吃不飽穿不暖。飄魂要經過十年時間，才會長成和其他鬼魂一樣，才可以再去投胎。因為歷經苦難，這些憤怒的幽靈就會想盡辦法去報復捨棄他們的父母，給他們製造一些意外的病災。」

楊丹百感交集，愧疚地張大了嘴巴「啊」了一聲，不知道該說什麼，淚水一下子湧了出來，她十分愛憐地把目光投向那個模糊得幾乎透明的飄魂。

閻君一轉話題說：「按照冥府的規定，凡是不愛惜生命、輕生而來的人，到了陰曹地府就該送到枉死城服役的，待三年刑期滿了之後，再量其在人間的善惡而處置。本座念有人給你說情，加上你曾經施捨社會上一些弱勢群體，積了一些公德，就免了此役。」

閻君不給楊丹說話的機會，也不顧楊丹驚愕的神情，繼續說道：「無常，把楊丹送到孽鏡臺去，讓她看看前世的所為，然後就帶到她該去的地方吧！」

「孽鏡臺是哪裏？那孽鏡又是什麼？」楊丹不解地問道。

「你去了，就知道了！

「那麼，我該去的地方是哪裏？」

閻君揮了一下手，不容置疑地說：「此乃天機，無常速速帶她下去！」

　　孽鏡臺前，鬼影擁擠，看到無常過來，鬼們自動地讓出了一條路。無常把楊丹帶到了孽鏡前。

　　這時，楊丹看見孽鏡上有一個童兒跪在菩薩面前哭著說：「我不要去人間，我願伺候在您的左右。」

　　菩薩手持拂塵、懷抱淨瓶，端坐在蓮花寶座上微笑道：「此乃爾之劫數，你必須要去人間經歷一場磨難。」

　　那童兒依然哀求道：「觀音菩薩大慈大悲，不要讓我下凡歷劫……」

　　菩薩凝重地說：「去吧，下了凡塵，好好做人！」

　　說罷一揮拂塵，小童兒就像樹葉般飄下雲層不見了，菩薩也悄然隱去。

　　楊丹好奇地問身邊的無常：「那童兒是誰？」

　　「此乃天機，不可洩露。」無常平靜地回答。

　　孽鏡短暫的空白之後，一個古妝穿戴的少女出現了。只見她彎彎的柳葉眉下，是一雙美麗傳神的大眼睛；挺直的懸膽鼻下，是含笑的櫻桃口；面若三月嬌豔的桃花，恍若畫中的仙女一般。

　　這時，圍觀在孽鏡前的鬼群中，有一鬼魂脫口贊道：「這女子豈是一個美字了得！超凡脫俗，世間能有幾人？你瞧她：翩若仙子，婉若西施。嬌豔如花，華髮春枝。彷彿微風撫楊柳婀娜，飄然似薄霧中觀西子。遠觀，皎若浮雲半遮月；近看，灼似牡丹吐蕊姿。高貴典雅，高矮韻致。肩如刀削，腰若束雕。美頸如秀，皓如玉脂。芳澤無須妝，脂粉會添疵。秀髮如絲，柳眉鳳眼；朱唇鮮澤，玉齒潔鑾；明眸流盼，粉腮靨圓。芙蓉出水，冰清明鮮。嬌姿

柔態，嫵媚難言……」

「去、去，別在這酸了，走開！」有當差小鬼制止了那鬼魂之不絕讚美。

楊丹繼續觀看孽鏡。這時，孽鏡上的那位美少女正在繪畫，繪的是一幅丹鳳朝陽圖。牡丹鮮豔欲滴，鳳凰似乎能展翅飛翔。

一個丫鬟打扮的人進來說：「小姐，姑爺來了！」

那小姐眉毛擰到了一起，說：「什麼姑爺？我不是和爹爹說過退了這門婚事嗎？他的爹爹對我家有恩，可是他已經死了，家道也敗落了，難道讓我嫁過去受苦？我不認這門親事，趕緊給他點銀兩把他打發走。要是不走，打也把他打走！」

丫鬟還沒出去，一個婦人進屋說道：「鳳兒，做人不可如此忘恩負義，他們家有恩於我家，再說，你倆是定了娃娃親的。你們小時候在一起讀書作畫，很是投緣，怎麼說變就變了？雖然他家沒落了，可是娘親會給你嫁妝的，包你過門後不受貧寒。我們就你這一個寶貝閨女，這萬貫家產早晚都是你的。」

老婦人又語重心長地說：「劉萬里是個忠厚聰明的後生，又那麼仁義，嫁給他不會受委屈的。」

「娘親不要再說了，我意已決，您要是一定要我嫁他，我現在就死在您的面前。」鳳兒說著，拿起了剪刀就要自刎。

老婦人無可奈何地說：「好、好，我不說了，忘恩負義會有報應的，今生不報找來世！」說罷，歎息著轉身出去了。

一會兒，丫鬟回來一邊收拾小姐的畫卷，一邊說：「趕走那個窮鬼了。」

鳳兒小姐滿面含笑地說：「走了就好，終於擺脫他了，我想跳舞了。」

丫鬟坐在瑤琴前彈起了悠揚的音樂，那鳳兒小姐修長的身材便好似風吹柳枝一樣翩翩起舞。

孽鏡中出現一個窮書生被趕出大門的鏡頭，只見他仰天長歎：「人心難測呀，鳳兒，難道你就忘了我們打小一起度過的歲月？就算是你要毀了我倆的婚約，我們不是還有青梅竹馬的情誼嗎？我此番前來，乃赴京趕考路過你家，只是想與你見上一面，沒有想到你是這樣對待我，還把我趕出你的家門……」

楊丹看著孽鏡氣憤地說：「那麼美麗的面容，可是她的靈魂卻和容貌成反比，做人怎可如此？可氣！」

無常說：「這個鳳兒小姐，今生轉世，雖然不是前世的忘恩負義之人，可是卻犯了另外的錯誤……」

楊丹吃驚地問：「鳳兒小姐今生為人，她是誰呢？」

「這裏面有很多因果的，到了該知道的時候，你自然就知道了。走吧，你該到你該去的地方了。」

無常說著，用力推了楊丹一把。

三

楊丹從昏迷中醒來，發覺自己躺在一張席夢思床上，身上的衣服濕漉漉的，她舔了一下嘴唇，滿嘴都是鹹澀的海水味道。房子是石頭結構，是一塊塊光滑的青石，銜接緊湊，沒有水泥的痕跡，其精密度不亞於埃及的金字塔。

　　楊丹坐了起來，仔細地打量著這陌生而古怪的屋子。屋子是坐北向南的正房，大約二十來個平方，一雙人大床在靠東牆離窗一米遠的位置。在床與窗之間是一隻紅木的床頭櫃，精緻典雅。臨窗是一個古樸典雅的梳妝檯，橢圓型的鏡框是紅木材質，雕刻著祥雲圖案。梳妝檯和梳妝凳子是清一色的雕花紅木，梳妝檯上有電吹風等一系列的梳妝用具和化妝護膚品。

　　靠西牆的臨窗處，是一張紅木的寫字桌，桌上有一臺電腦。寫字桌北面的電視櫃上，彩色電視機正播放著電視連續劇。旁邊是一對紅木靠椅，中間有一隻石頭小茶几，擺著一部紅色的電話機。門口靠牆處還有一隻衣櫥，紅木櫥門上是一塊穿衣鏡。

　　楊丹一邊驚訝地觀看，一邊好奇地走出了房門，咦！寬敞的餐廳展現在眼前。一張紅木雕花的八仙桌，圍著四張雕花太師椅。牆角安放著一臺立式冰箱，立式酒櫃中，有紅酒、白酒、和女兒紅加飯酒，高腳玻璃杯在石頭酒櫃中紅亮的木板上顯得格外地醒目，酒櫃裏竟然還有一臺仿古電話機，既是裝飾又便利使用。

　　餐廳的右邊有兩扇磨砂玻璃拉門，順手拉開玻璃門，寬敞的廚房中，整潔有序，燃汽灶、脫排油煙機、微波爐、烤箱等樣樣俱全。

　　走出廚房，進了洗手間。洗手間的牆上，鑲著一塊占了一半牆壁的大鏡子，水池邊有一臺全自動的洗衣機。靠窗處，是高檔的雙人浴缸。

　　客廳與餐廳是相連的。紅木框架的灰色布藝沙發上方的牆壁上，是一幅丹鳳朝陽的巨幅水彩畫，對面懸掛著一臺壁掛式的彩電。

茶几上的電話機、牆角的飲水機、立式空調，一切都井井有條。橢圓形的玻璃魚缸中，數尾金魚悠閒遊動，讓客廳有了生命的動感。

拉開絳紫色雙層落地窗簾，飄窗的大理石臺面上，有一隻橢圓型的雕著盤龍的紅木墩，擺放了一盆盛開的月季花，嬌豔的花朵散發著淡淡的幽香。

「這是哪兒？」楊丹不禁自言自語。

「這是石頭城。」

隨著這渾厚的聲音，進來了一個身材修長、三十歲左右的男人，長方型的臉龐，濃眉大眼，板刷似的短髮烏黑發亮，兩隻大耳朵敦厚紅潤，整個人顯得十分精神。

「這是你的家？」楊丹看到這個陌生男子，疑惑地問道。

陌生男子笑道：「不是，這是你的家。我是這石頭城醫院的醫生，姓胡，單名一個淨字。」

「胡淨？我的家？」

楊丹越聽越糊塗。

胡淨依然微笑著說：「是的，這是你的家。我住在你的隔壁。剛才我過來，是想看看你是否醒來了。現在我把你的房子鑰匙、房產證和戶口本，都給你吧。」

楊丹遲疑地伸了手，又縮了回來。胡淨抓過她的手，把鑰匙和兩個紅本子交給了她。

胡淨說：「這是石頭城政府發給你的，可要收好。對了，衣櫥裏有你的衣服，趕緊把這身濕衣服換了吧，小心著涼。我待會再來看你。」

胡淨走出客廳，帶上了房門。

楊丹跌坐在沙發上，打開了戶口本，上面赫然寫著：

戶別：居民；姓名：楊丹；戶號：20689；住址：石頭城市長生路68號。

然後是石頭城戶口登記部門鮮紅的戶口專用章，承辦人：劉曉娜。登記日期一九九九年九月九日。

石頭城？到底是什麼地方？怎麼會莫名其妙地有我的戶口和房產？難道這是傳說中的陰間？

楊丹百思不解。咬一下手指，覺得鑽心的痛。一切都很真實。

一身濕衣服的楊丹，覺得不舒服起來，想起胡淨的話，便回到房間打開衣櫥一看，不禁倒吸一口冷氣，自己的衣服怎麼會全在這裏了？

楊丹如置雲裏霧中。她飛快地換上了一套牛仔服，然後回到客廳等候胡淨，她有好多的問題，要問個明白。

不一會兒，胡淨來了。

楊丹定了定神，問道：「胡淨，這一切太離奇了，我都不敢想像。我想問你，這石頭城，是新疆境內古絲道上一個著名的古城遺址嗎？」

因為楊丹以前看到過一份資料。新疆境內古絲綢之路上，有一個著名的古城遺址，稱為石頭城。這座石頭城位於塔什庫爾干塔吉克自治縣城北側不足百米處。這兒是古代絲綢之路中道和南道的交匯點，喀什、莎車、英吉沙及葉城通往帕米爾高原的數條通道都在此地匯合。城堡建在高丘上，形勢極為險峻。城外建有多層或斷

或續的城垣，隔牆之間石丘重疊，亂石成堆，構成獨特的石頭城風光。漢代時，這裏是西域三十六國之一的蒲犁國的王城。唐朝政府統一西域後，這裏設有蔥嶺守捉所。元朝初期，大興土木擴建城廓；光緒28年，清政府在此建立蒲犁廳，在舊城堡南面興建了新城鎮，這座石頭城逐漸被廢棄。

胡淨乾脆地回答道：「不是。」

「石頭城……南京嗎？」

「也不是。這兒是一個不被世人所知道的、建築在原始森林裏的石頭城。」

楊丹越發充滿了疑惑，她近乎哀求著說：「我搞不懂這到底是怎麼回事？我怎麼會在這兒？這座城市裏都住著些什麼身份的居民？」

胡淨呵呵一笑，說：「看把你急的，且讓我慢慢道來。這座石頭城是觀音菩薩用法術變出來的城市，因為是就地取材用石頭建造，所以叫石頭城，這裏的居民來歷複雜。無論是什麼朝代、無論死亡多久，只要他們的屍體保存得好，只要是前生孝善之人，在石頭城都可以起死回生，重新生活在人世間。這兒還有：那些修煉成人形的各種動物，經過觀音菩薩的點化、並且有著紅塵夙願者；以及像你一樣因一時糊塗而輕生得救之人，都可以生活在這座石頭城裏。」

胡淨停頓了一下，又接著說道：「我們石頭城的每個人都有不尋常的動人故事。他們在石頭城死而復生，前塵舊事會時時想起，思戀家鄉、想念親人，然而歲月變遷，物是人非，生活在當下，回不到過去了。還有那些修煉得道者在修煉前和修煉過程中發生的一

些紅塵恩怨故事，更是有趣。等有了時間，我再對你講述。」

聽得發呆的楊丹，搖搖腦袋急切地說：「我明明是跳了大海，怎麼會到了石頭城？我的那些衣服又是誰送來的？……」

胡淨笑道：「我知道你會打破沙鍋問到底的。那是七天前的事情了，石頭城的漁民去海裏捕魚，沒有想到撈上個美人魚，呵呵。那時你已經溺水身亡，好心的漁民把你帶了回來送到醫院。正好我當班接診。因為你喝了大量的海水，沒有了呼吸，不能給你排除積水，那樣會擠壞你的肝臟，影響以後的肺部呼吸量。於是，我就讓護士在你的床上，墊了一層海綿和一層尼龍墊子。在你沒有甦醒之前，我每天定期給你扎銀針，通過扎針手術，使海水從你的皮膚中慢慢排泄出來。在你扎上銀針的第七個小時，你開始有了呼吸，我知道你經過七天時間就會醒過來的。在這一周裏，你的衣服每天有護士小姐給你換洗，但一直是濕的，那是從你身體裏不斷滲出的海水。你床上的那層海綿墊子，也是每天更換的。今天你終於醒來了，作為醫生，我真的好高興。」

「原來這樣。」楊丹覺得太不可思議了。

胡淨又說：「你的房產證是石頭城三年前就辦好了，這次我去給你辦理戶口時，一起帶過來了。還有，你的衣服是在你昏迷期間，外地寄來的郵件，寫著楊丹的名字。」

楊丹驚呼道：「真是太奇怪了！」

胡淨從口袋中掏出一張地圖交給楊丹，說：「石頭城在任何地圖上都找不到的，是原始森林裏一座不為人知的城市。我們有自己的貨幣、汽車、家電、糧食，能夠自給自足。──這是我們繪製

的石頭城地圖，你先熟悉一下，等身體調養好了，四處去走走、看看。有些事兒，以後你都會慢慢明白的。」

胡淨臨走時鄭重交待楊丹：「雖然你已甦醒過來，但是身體還是比較虛弱，又不宜大量進食，我會每天來給你注射營養液的。我希望你經過這次劫難，知道今後應該怎樣做人、應該怎樣珍惜生命？尤其不該輕生！」

楊丹下意識地點點頭道：「我明白了，絕對不會再做傻事了。」

四

送走了胡淨，楊丹頓時感覺渾身皮膚既重又粘，洗澡比什麼都重要。她在雙人浴缸放滿了熱水，把自己浸泡在溫熱的水中。

楊丹閉上雙眼，放鬆身心。

往事漸漸湧來，似乎清晰可辨，又捉摸不定。

依稀記得……丈夫！哦，對了。丈夫。張偉強。他另有心上人並且有個孩子，可自己為什麼就沒有察覺？是自己太自信、還是太相信丈夫了？

丈夫似乎還在她耳畔說：「她是我青梅竹馬的戀人小玲，我兒子的媽媽……」，可是，既然你有戀人為什麼還要追求我、與我結婚？你說你追求我是為了畢業分配問題，可當你事業有成時，為什麼還不對我說出真相？難道你要欺騙我一輩子嗎？你如果能夠真誠地坦白這一切，我雖然會很生氣很傷心，但是我會原諒你的，我會明智地選擇離開你。因為既然你的心不在我這裏，我留著你這個軀

殼幹什麼？我會成全你，讓你們團圓，讓你給自己所愛的女人和孩子一個完整的家。然而你沒有。你這樣做的結果，既傷害了我，也傷害了另外一個女人的心。難道你青梅竹馬的戀人願意過這種地下夫妻的生活？愛是自私的，哪個女人也不願意與另一個女人分享一個男人。每個女人都需要完整的愛。而無辜的孩子，更不願被人稱為野種。

驀地，傷心的楊丹回想起孽鏡臺的演繹，心中釋然了。那鳳兒一定就是丈夫，雖然轉世性別不同了，可還是一個自私之人，真是本性難改。

楊丹思緒飄飄忽忽。洗了澡躺在床上，想起丈夫，百般滋味。腦海中遂似真似幻地浮現出當年她與張偉強新婚旅遊在戈壁上的一段奇遇。

那是一個春天。新婚旅行的楊丹和張偉強來到了老同學所居住的城市。在茫茫草原上馳騁兜風，享受大自然賦予人類的粗獷之美，是楊丹、張偉強此行的心願。張偉強在老同學那裏借了一輛越野車，帶足了一天的用水和食品，去草原和戈壁上越野兜風。

春天的草原，一派草嫩花香，各種野花展示它們五顏六色的嬌豔，令人心曠神怡。張偉強開著越野車在遼闊的草原上奔馳著，讓楊丹陶醉在新婚的幸福和這美麗的風景中。

車子突然緊急煞車。楊丹問道：「偉強，怎麼了？」

張偉強說：「路邊有個老人倒在地上，不知是死是活？下去看看。」

　　兩人下車來到老人身邊，只見老人雙眼緊閉、嘴唇乾裂。張偉強與楊丹搖晃著老人的身子，大聲呼叫，可是老人沒有一點反應。

　　看到老人呼吸微弱，張偉強說：「他可能乾渴窒息了，把他放到車上，給他喝點水，也許就會好了。」

　　張偉強把老人放在了汽車後排座上，讓他躺平下來，然後找到水壺，結果發現一滴水也沒有了，張偉強奇怪地說：「咦，帶來的那些水呢？」

　　楊丹也納悶了：「我們都沒有喝過水，那水怎麼突然就蒸發了？」

　　張偉強四下裏一張望，茫茫草原無邊無際，一下子也找不到水源。他對楊丹說：「我們只有帶上老人，儘快開出草原，到了有人家的地方找點水給他喝。」說罷，張偉強坐進駕駛室，欲發動車子，可是汽車卻沒有了動靜。怎麼回事？他趕緊下車檢查，看是什麼地方出了故障？

　　楊丹在車上繼續呼喚著老人，過了很久，老人的眼睛費力地睜開一條縫。扇動著乾裂的嘴唇，微弱地只說了一個字「水！」之後又昏過去了。老人的呼吸越來越微弱了。楊丹真是著急了，沒有水，車子又開不了，這樣待下去，老人的性命難保。怎麼辦？情急之下，楊丹拿起水果刀，一閉眼割開自己的兩根手指，放在老人乾裂的嘴唇邊，讓殷紅的血液，一滴又一滴的流進老人的嘴裏。

　　張偉強檢查完汽車，進入駕駛室時，看到妻子正用自己的鮮血在救人，既心疼又感動，於是他也毫不猶豫地割開自己的手指，讓老人吮吸自己的血。

不一會兒，老人居然甦醒了過來。

楊丹高興得流出了眼淚。

老人甦醒過來之後，對楊丹和偉強說，他不是人類，而是一匹狼，一匹已修煉了一千多年的狼。他聽前輩們說過，如果想要位列仙班，必須要喝到兩個人的鮮血。位列仙班是他千年辛苦修煉的夙願，可是他不想為此而傷害無辜的生命。於是他漫無邊際地流浪著，闖入了這片沒有水也沒有食物的大草原，連日來奔來突去，依然回到了原來的起點，不知過了多久，他又累又餓地昏倒在這條路上。

今天他遇到了這楊丹、張偉強這一對好心的夫妻，以自己的鮮血救活了他，使他既獲得了生命，又能實現千年修煉的夙願，讓他滿懷感動，更使他認識到人世間有無私的愛、真摯的感情和善良的胸懷。

狼仙說到動情處，不禁淚花閃爍。

臨別時，狼仙告訴楊丹、張偉強，行走在草原上，會遇到意想不到的危險。他把一種險中求生的方法，教給楊丹和張偉強，那就是可著嗓子發出急促而淒厲的嗥叫聲。他說：「一當發出這個信號時，馬上就會有成群的狼群出現。記住，叫三聲會來三百匹狼。連叫三次三聲，會出現三千匹狼的狼群。你要是連叫十個三聲，整個戈壁灘的狼都會聚集到你們的身邊，聽從你們的調遣。」

這麼神奇！楊丹與張偉強相視一笑，跟著狼仙學會了急促而淒厲的嗥叫聲。

　　爾後，狼仙在兩人的頭上各拍了三下，說：「你們召集過來的狼，就喚它們『狗兒』，它們都會聽得懂。記住了！」

　　狼仙對著楊丹和張偉強深深地鞠了一躬，就要告辭。這時，觀音菩薩不知何時出現在他們面前，滿面含笑的注視著他們。

　　一看到觀音菩薩，狼仙與楊丹夫妻趕緊下跪磕頭。

　　觀音菩薩含笑道：「你們都起來吧。剛才你們的一切行為，我都已了然在心。行善積德，為人根本。無論善惡，終有因果報應。」

　　觀音菩薩對狼仙揚了一下拂塵，便帶著他駕起祥雲升空而去。

　　楊丹夫妻好久才回省過來，正要找紗布包紮一下手指上的傷口，結果傷口都已復原，沒有一點痕跡了。兩人連聲驚歎。

　　這時，太陽快要下山了，雖然夕陽下的草原是那樣的美，可是他們卻無心欣賞了。偌大的草原上十分幽靜，根本沒有車輛經過。汽車還是不能發動，張偉強多次爬到車底下檢查，可是故障原因始終找不到。張偉強給朋友打了個電話，讓他們開車過來幫忙。

　　張偉強又鑽到車子下面去作檢修了。楊丹在車上焦急地等待著。天黑之前必須把車子修好，走出這草原還有百十公里的路程呢，朋友們的車不知什麼時候才能到達？夜晚的草原會很危險的。

　　忽然，一陣馬蹄聲由遠而近，楊丹心中一亮。可能是碰到牧民了。她迎著聲音望去，六匹快馬轉眼飛到了眼前。馬背上的人麻利地翻身下馬，瀟灑的一丟馬韁，環行著包抄過來。此時，楊丹才覺得不對勁。這六個人都在三十歲左右，臉帶殺氣。沒等她喊出聲

來，一個歹徒迅捷地拉開車門，用槍頂住了楊丹的前額，吼道：
「下車！」

兩個歹徒把偉強從車底下拖了出來：「老實點，都他媽的別亂動。」

有個滿臉絡腮鬍的歹徒對同夥說：「不要廢話，把他們綁起來，扔到草原上餵狼。」

幾個歹七手八腳地把楊丹夫妻綁了起來。這個時候，任何的掙扎都是徒勞的，反抗的張偉強換來一頓拳腳。

楊丹夫妻被推倒在草甸子上。幾個歹開始搜索錢財，他們上車搜索了一番，又把楊丹夫妻的口袋掏空。

「大哥，這個妞兒不錯。」一個刀疤臉的傢伙睞著三角眼喊道。

「我他媽的今天沒心情，你要是喜歡你就快點。」那個滿臉絡腮鬍的歹徒一邊說著，一邊掏出打火機點上了煙。

刀疤臉興奮地撲向楊丹。楊丹奮力掙扎著、喊叫著。刀疤臉呲著牙狂笑道：「你叫吧，叫破了喉嚨也沒人聽到，你越是叫喊，大爺我就越是高興。」

刀疤臉用雙腿壓著楊丹的身子，自己忙著寬衣解帶。

一旁的張偉強眼看著這一切，可又動彈不得，臉龐痛苦地扭曲著。

這時，楊丹突然想起了狼仙臨別時教的險中求生之法，於是她用力昂起頭，對著天空發出了急促而淒厲的嗥叫聲。一聲、兩聲、三聲……，那聲音在草原上空久久盤旋。

這夥歹徒根本不理會楊丹的嗓叫聲，有一個傢伙還諷刺道：「哈哈，你學狼叫，我們就怕了嗎？扯破嗓子叫吧，他媽的叫呀，哈哈哈……」

刀疤臉也獰笑著，伸手去扯楊丹的衣服。

這時，只聽「嗚……」的聲音，好像起風了，可是絲毫沒感覺出有風吹的感覺。抬眼望去，四周好似有烏雲一般向這裏卷了過來，驚恐的馬兒「咴、咴……」地叫著向遠處奔去。

「啊……大哥……狼群……」有個歹徒顫抖著叫了一聲，對著狼群開了槍。

刀疤臉來不及提上褲子，赤裸著身子就與同夥一起把槍口對準狼群開火了。

這個時候，這夥歹徒誰也沒心情看管楊丹和張偉強了。楊丹爬起來，跑了過去解開了捆綁丈夫的繩子。

在槍聲中，前面的狼倒下了，後面的狼繼續衝上來。轉眼之間，無數匹狼圍聚而來，黑壓壓一片。

這夥歹徒從來沒有遇到過這種場面，嚇得尿了褲子，渾身顫抖得連槍拿不住了。

楊丹和張偉強對著狼群，異口同聲地喊道：「狗兒——不要傷害他們！」

狼群真的很聽話，閉上了血盆大口，圍過來把楊丹夫妻和這夥歹徒隔開了，並搶下了歹徒們手中的槍。

有幾頭狼，似乎是狼群頭領，來到楊丹和張偉強面前，前腿一彎，下巴點到了地上，似乎是在請安一般。

楊丹和張偉強輕輕地撫摸一下狼頭說：「狗兒，快起來吧，謝謝你們了。」

包圍在狼群中間的這夥歹徒，看到狼群對楊丹夫妻言聽計從，紛紛哀號起來：「大哥……不，大爺、姑奶奶……剛才是小的們有眼不識泰山，快救救我們……」

幾匹狼一湧而上，把這夥歹徒撞翻在地，用前爪使勁地按住歹徒，雙眼看著楊丹和張偉強。

張偉強拿起繩子，把這夥歹徒一個個全都捆綁了起來。

夕陽慢慢西墜，給茫茫草原抹上一層金色後，躲到地平線的另一面。天色漸漸黑了，一鉤新月浮在蒼穹，滿天的繁星在閃爍。

楊丹對著狼群說：「狗兒，你們走吧，一會兒我們的朋友就會來了。」

狼群沒有起身，只是靜靜的陪著楊丹夫妻。黑暗中，群狼的眼睛閃著幽藍的光，如同無數幽藍的星星在閃爍。

遠處出現了汽車燈的光束，幾匹頭狼給楊丹和張偉強行了一個禮之後，仰天嗥叫了一聲，狼群立即四散而去。

張偉強的朋友們來了，很快修理好了汽車。

他們走出草原後，把六個歹徒送到了公安局。

原來，這六個歹徒是在內地搶銀行、盜槍支的兩夥罪犯，逃亡到草原上後，又臭味相同地攪和到了一塊，幹起了攔路搶劫的勾當。作惡多端必自斃，他們終於得到了應有的制裁。

楊丹在依稀往事中，且歡且悲，沉沉睡去。

五

楊丹經過一段時間的治療與調息，身體漸漸康復了。

這天早晨，楊丹一覺醒來，便聽到電話鈴響了。話筒裏傳來胡淨焦急的聲音：「楊丹，我是胡淨，請你儘快來醫院，有急事要請你幫忙。」

「好的，我馬上就來。」楊丹放下電話機，匆忙出門。

寬敞的大街上，沒有車輛，行人稀少，清晨的石頭城，顯得十分寧靜。石頭城醫院就在離楊丹住處不遠的地方，三腳兩步就趕到了。

楊丹一踏進醫院的大門，一位嬌小的護士小姐便迎上來：「楊丹小姐，院長有請！」她略微弓了下腰，右手一個邀請的姿勢。她穿著潔白的工作服，那頂護士帽襯托著清秀的面容，天使般甜美的聲音，楊丹不由為之感歎。

跟著護士小姐走上兩樓，推開院長辦公室。胡淨正在電腦前辦公，一看看到楊丹，便站了起來，開門見山地說：「楊丹，我們醫院剛剛接收了一個重病號病人，需要特別護理，由於醫院人手不夠，只有請你幫忙了。」

「可以，沒有問題。」楊丹爽快地說：「只是……我能做好嗎？」

胡淨說：「你行的，一定行。——這個病人不只需要醫療，還需要心理治療。你除了護理他，還要開導他。」他轉向護士小姐說：「小佘，你帶楊丹去特護病房，並把病人情況向她介紹一下。」

　　楊丹隨著小佘來到特護病房。特護病房在院長辦公室的隔壁，對門是一間掛著「夢幻室」牌子的屋子，紫紅的房門緊閉著。楊丹忽然覺得這「夢幻室」有點神祕。

　　特護病房分為兩間，外間只有一張辦公桌和兩把椅子，裏間是重危病人特護室。隔著玻璃，只見特護病房的床上躺著一個男人，接了氧氣打著點滴，臉色蒼白，昏迷不醒。病床邊的床頭櫃上一個藍色的陶瓷花瓶中，插著一束盛開的康乃馨。

　　小佘請楊丹坐下，然後微笑道：「楊丹小姐，我姓佘，名青梅，是醫院的護士長，大家都叫我小佘。」

　　楊丹站了起來，禮貌地和佘青梅握了握手，說：「小佘，咱們都隨意一些，你就叫我楊丹吧。」

　　小佘點點頭說：「好。楊丹，現在我給你介紹一下這個病人。他叫楊江淘，昨天早上，因為承受不了人生的打擊，他翻過鐵路護欄，迎面走向奔馳的列車，他閉著雙眼，只求一死。火車司機雖然已看到鐵軌上有人，可是來不及煞車了，待到列車停下時已經跑出一千米了，楊江淘被攔腰切斷。」

　　「啊……」楊丹不由得驚叫起來。

　　小佘繼續說：「當時有人看到楊江淘被攔腰碾斷、鮮血噴湧這一幕，立即報警，鐵警及時趕到現場，正要收拾他的屍體時，一陣狂風吹來，霎時天昏地暗。轉眼間，狂風停歇，一切都恢復了平靜，可是人們驚訝地發現，楊江淘的屍體不見了，只留下一灘鮮血。」

　　楊丹驚疑地問道：「怎麼回事？」

「是南山仙子利用法術遮蔽了世人的眼睛，並止住他的流血、護住他的心脈，把他帶走了，所以人們只看到了一灘鮮紅的血液。南山仙子隨後把楊江淘送到了我們醫院，給他服下一粒丹藥就離去了。」

在小佘的介紹中，楊丹這才知道，臥軌自殺的楊江淘被攔腰碾斷，離心臟僅差一公分，脾、胃、肝、肺、胰都受到了嚴重的損傷。胡淨和主治醫師白松林接到楊江淘殘缺的身體後，立即送入無菌急救室，開始搶救。接氧氣、清創、輸血、內臟切換，血管經脈銜接……

石頭城醫院的主治醫師白松林不久前研製成功了人體活性臟器培植，其中有肝、脾、胃、肺、腸、胰，這是他首次研製成功的人體內臟器官，正好派上了用場。

經過十多個小時的手術，胡淨、白松林他們在為楊江淘縫合傷口時，塗抹上了奇力再生散。這種奇力再生散，在人體的血液流動和體溫揮發下，效力十分神奇，兩個時辰就可以使傷口癒合，一個星期就會使傷疤消失。

楊丹驚歎道：「真是驚心動魄！胡淨和白松林是華陀轉世、扁鵲再生。那麼，南山仙子怎麼會那麼及時地出現了呢？」

小佘說：「這裏面是有因果的。楊丹，我還有事要去辦，就讓翠蓮對你說吧。」

楊丹這才看到那個翠蓮已經站在自己身邊。小佘打了個招呼，便走出了屋子。

這個翠蓮眉清目秀，一身海藍色的連衣裙，一雙棕色高跟鞋，更顯得亭亭玉立。

翠蓮對楊丹莞爾一笑道：「楊丹，我叫翠蓮，原本是只小狐狸，修煉了一千五百三十年，經菩薩點化，來到石頭城。」

又是一個奇人。楊丹心中一震。

翠蓮說：「剛才你問南山仙子為什麼會及時趕到事故現場？其實，南山仙子是為了報恩，才去相救的。」

楊丹不解地問道：「既是報恩，為什麼不早趕去？」

翠蓮答道：「楊江淘難逃這一劫，這是冥冥中註定的。楊江淘是南山仙子救命恩人的後代，所以此恩必報，我還是給你講講這其中的淵源吧。」

那是一千多年前的故事了。前身為狐狸的南山仙子，那時還沒有修煉成仙，有一次在深山森林中行走，一不小心誤入了獵人的陷阱，雙腿被死死夾住不能脫逃，成為獵物。南山仙子被獵人拴住脖子，一路拖拉著走出森林，來到一條大街上。有一個開小店的婦人，用一兩銀子把它從獵人的手中買了下來。奄奄一息的南山仙子以為此命休矣，這回將成盤中餐了。然而，店主並沒有傷害它，還幫它精心地治好了腿傷。後又親自送回了森林，並一再告誡它以後野外行走，千萬要小心。

楊江淘就是這個店主的後代。今日他有如此劫難，南山仙子當出手相救。

原來如此。楊丹這才明白。

　　翠蓮說：「雖然楊江淘經過胡院長、白醫生的全力搶救，已脫離了生命危險。但是，他畢竟被碾斷了身體，失血過多，還得需要好好治療、調養一段時間，才能恢復健康。在這期間，你要喚醒他求生的欲望和對未來的憧憬，讓他得到重生。最遲明天，他就會甦醒了。我先出去辦點事，辛苦你了楊丹！」

　　楊丹慎重地點頭道：「放心吧翠蓮，我會盡力的。」

第二章　世外奇談

園林石幄。典雅古樸色。猶覺善留德攜。菩薩功德降，產此石城街。城內者，盡為忠善與孝德。重生何心得。積善多積德。哪管你我與它。愛心俱滿目，博愛傳衣缽。善心在，石頭城座落世外。

一

整個上午，楊丹呆坐在特護病房外屋的椅子上，思緒很亂。直到中飯時分，小佘來替班，翠蓮進來帶著楊丹去了醫院餐廳吃飯。

翠蓮看到楊丹神情疑惑，便歎道：「楊江淘受此大劫，都怪我不好，我不該撮合他和玲玲的婚事，這都是我的罪孽，讓恩人受苦了。」

楊丹不解地看著她。翠蓮說：「我們一邊吃飯，一邊聊天。我把前因後果對你說個明白。」

那是一個深秋的夜晚，楊江淘正面對著電腦，敲打著鍵盤。他那一米八十五的個子蜷曲在電腦前，濃密的眉毛擰在了一起，眼睛瞇成了一條線，神情無奈，長歎短吁。

楊江淘已三十歲了，一直獨立生活，父母住在另外一個城市。他雖然事業有成，但婚姻大事始終還沒解決。

楊江淘長得儀表堂堂，又擁有一家公司，是多少姑娘的夢中情人。然而，他對那些追求者毫不動心。有時候，他自己也想趕緊找個姑娘成個家，在父母面前也好有個交代。問題是，他對那些美麗的姑娘卻始終不能動心。他覺得很無奈，只好這樣獨身一人，他想總會遇到心儀的姑娘。

一年以前，楊江淘在網路上認識了孫玲玲。相識已一年多，儘管相距一千多里路程，可他覺得他們的心靈已經緊緊地連在了一起。相互關心，彼此相愛。玲玲的喜怒哀樂，他都會有心靈感應，不需要玲玲說出來。

倆人在網上聊天，電話聯繫，可就是不曾謀面。今夜，玲玲應楊江淘的要求，發了一張照片給他。面對著玲玲青春燦爛的照片，楊江淘的雙手在鍵盤上飛舞著，訴說著滿腔的思念之情。

直至夜深，玲玲下線休息了。

楊江淘用手輕輕地撫摸著電腦螢幕上玲玲的照片，自言自語道：「玲玲，我愛你！你知道嗎？可我就是沒有勇氣對你說出這三個字，因為我怕……我怕說出來後你不再理我。玲玲，我好怕失去你！你知道嗎玲玲？我愛你愛得好辛苦。此時此刻，我多想讓你擁有一雙翅膀，飛到我的面前，我會不顧一切地把你擁入懷裏，親吻你，向你訴說我的思念我的愛……」

楊江淘的臉上寫滿了渴盼與無奈，淚水滑落下來，模糊了視線。他痛苦地趴在了電腦前，不知何時他睡著了。

　　翌晨楊江淘醒來，電腦還亮著，照片上的玲玲還是笑吟吟地注視著他，含情脈脈。

　　楊江淘看了一下時間，已經六點三十分了。他對著照片上的玲玲說：「玲玲，我要上班了，晚上再見！」然後關了電腦去洗漱。

　　當他走出書房，忽然有香味飄來。隨香味看去，只見餐廳的桌子上擺著一碗冒著熱氣的稀飯，一隻碟子裏是一個油煎荷包蛋，另一只碟子裏是一只包子和一點鹹菜。他驚呆了。

　　是誰為我做的早飯？

　　楊江淘衝到門口一看，房門還是反鎖著。檢查防盜窗，完好無損。再去廚房，也沒什麼異樣，鍋灶是冷的，不像煮過飯菜。

　　究竟是怎麼回事？

　　因為時間太緊張，楊江淘已來不及細想，他只好匆匆洗漱一下，坐在餐桌前享用了這來歷不明的早餐。

　　楊江淘一到公司，就開始了繁忙的工作，那來歷不明的早餐忘得一乾二淨。直到傍晚下班後，他去菜場買了些菜，回家去準備晚餐。

　　楊江淘一進家門，一股紅燒帶魚的香味撲鼻而來。

　　他又是一驚。來到餐廳一看：紅燒帶魚，素炒芹菜，海蜇皮涼拌黃瓜絲，豆腐青菜湯，還有一碗飯。飯菜還都冒著熱氣。那些菜，竟然與他買回來的菜一模一樣。

　　楊江淘驚訝在家裏巡查了一遍，一切如舊，沒有異常。這讓他百思不解。

　　他在廚房裏放下手中的菜，呆了一會，便洗了手，坐到餐桌前，吃了再說，不去考慮那麼多了。

　　楊江淘一邊吃著可口的飯菜，一邊環顧四周，看到房間已打掃、整理過了。

　　晚飯過後，楊江淘打開電腦時，玲玲正在線上。她的飯店吧臺上有電腦，一有時間她就會上線看看。楊江淘迫不及待地把今天發生的稀奇古怪的事兒對玲玲說了。

　　玲玲也說此事蹊蹺，但說不出所以然來。不過，楊江淘說的那來歷不明的早餐與晚餐，恰與今天她的飯店有人訂的飯菜是一模一樣的。但她覺得這是巧合而已。她開玩笑道：「你的屋裏不會也出現了一個好心的田螺姑娘吧？」

　　「田螺姑娘」是一則民間傳說。說的是有個孤苦伶仃的青年農民，靠給地主種田為生，每天日出耕作，日落回家。有一天他從田裏撿回來一隻特別大的田螺，放在了水缸裏。這是一隻田螺精，每天化成姑娘，為這農民小夥燒飯做菜。

　　然而，玲玲的故事也只是故事而已，這僅僅是民間傳說。對於楊江淘來說，這幾乎是沒影的事兒。他決定暗察一下，要查出個水落石出。

　　待到玲玲下線後，楊江淘又對著照片上的玲玲喃喃私語，撫摸著螢幕上玲玲的臉蛋。然後，他佯裝累了，趴在電腦前睡著了。

　　過了好一會，楊江淘感覺到有人輕手輕腳地給自己披上衣服，於是他猛地坐起來一回頭——只見照片上的玲玲正站在他的身後，手裏還拎著他的衣服。

　　兩個人都被嚇了一跳，空氣似乎凝固了。對峙了一會，還是楊江淘先說話了：「你到底是人還是鬼？難道你是玲玲？」

　　與玲玲相像的姑娘從容說道：「我不是人也不是鬼，更不是玲玲，我是翠蓮。」

　　楊江淘驚疑不定：「翠蓮？為什麼你和照片上的玲玲一模一樣？」

　　翠蓮說：「我的前身是小狐狸，看到玲玲的容貌大方可愛，就變成了她的模樣。」

　　「那你為何深夜來此？今天的飯菜都是你做的？」

　　「我是來報恩的，前來促成一段姻緣。這飯菜不是我做的。」

　　楊江淘聽得丈二和尚摸不著頭腦了。

　　翠蓮告訴楊江淘：「我在南山修煉已一千五百三十年，如今已修煉成仙。只是我有一救命之恩還沒報，因此還不能位列仙班。如今，翠蓮就是來報恩的。本來我是想來給大哥洗衣做飯，陪伴大哥一生，可是月下老人說你已有姻緣。菩薩要我不能拆散你們，所以能促成你們這段姻緣就算是報恩了。」

　　楊江淘聽得糊塗，注視著翠蓮說：「報恩？我對你有什麼救命之恩？」

　　「有，不過那是一千五百多年以前了，我還是從頭說起吧。」

二

　　那是一千五百三十年前的一個傍晚，山洞中的小狐狸的肚子好餓，可是它的父母外出尋找食物還沒回來。小狐狸在山洞中幾次

跳進跳出，四下張望，就是不見父母的身影。於是它決定下山去尋找父母，它的姐姐阻攔它，不讓它出洞下山，任性的小狐狸不聽姐姐的話，走出洞下了山。在黃昏的夜色中，它焦急地呼喚著：「爹……娘……你們在哪裏？我的肚子好餓，我要吃飯。」就這樣，它一邊呼喚著，一邊下山來。

小狐狸的呼喚沒有能夠找到父母，卻驚動了兩個砍柴未歸的少年李軍和趙大年。李軍悄聲說道：「大年，你聽什麼在吱吱的叫？」

趙大年借著微弱的光線，向前張望了一下，壓低了聲音驚喜地說：「李軍你看，有一隻小狐狸……」

「大年，咱們悄悄地包抄過去，抓住它！」

兩個少年從兩個方向，包圍小狐狸。小狐狸從來沒有見過人類，根本不知道面臨的危險，依然是一邊慢慢地跑著，一邊尖聲呼喚。不費吹灰之力，小狐狸就成了兩個少年的獵物。

李軍心花怒放地說：「這小狐狸胖呼呼的，要不，咱倆把它烤了吃吧？」

趙大年接過話來說：「好呀，好久沒吃肉了，解解饞。這狐狸皮還可以給我姐姐做圍脖。」

兩個少年堆好柴禾，敲擊石塊引火點燃。小狐狸看到火光，這才害怕起來，後悔沒有聽姐姐的話，爹娘沒有找到，小命卻已難保，於是在李軍的手中死命掙扎，發出吱吱的尖叫聲。

就在這時，小狐狸只聽一聲斷喝：「小兔崽子，你們不好好砍柴，竟敢在這裏殺生害命？還不趕緊把它放下送進山裏？」

　　小狐狸睜開淚眼，只見一個三十多歲的中年人面帶怒氣地訓斥著兩個少年。原來他是李軍的父親李山林。

　　李軍攬著小狐狸不鬆手，嘟嚷道：「我……我們饞肉吃了嘛……再說那皮毛還可以給姐姐做圍脖。」

　　李山林怒吼道：「你這個兔崽子，還敢頂嘴？」

　　李軍這才捧著小狐狸，轉身要走。

　　李山林伸出手來說：「還是給我吧。讓你去送它回去，我還真不放心。」

　　李山林從兒子手中接過小狐狸，輕輕地抱著，自言自語道：「你這小傢伙怎麼到處亂跑？這多危險啊，你的爹娘一定在到處找你了。記住，以後可不要亂跑了。」他一路叨咕著，把小狐狸送上了山。

　　小狐狸上了山，找到了自己的家，這才安下心來。

　　後來，它告別了爹娘，去深山老林裏修煉了。

　　不知不覺一千多年過去了，如今的小狐狸已經修煉成仙，俗名翠蓮，奉菩薩之命來到塵世間報答救命之恩。而楊江淘的前身，就是當年救下小狐狸的李山林。

　　楊江淘聽到這兒，才有些明白了。他想起一個問題：「那些菜、那些飯，你說不是你做的，又是怎麼一回事呢？這與報恩有什麼關係？」

　　翠蓮笑道：「那是玲玲給你做的。」

　　楊江淘斷然道：「不可能，玲玲離我千里之外……」

翠蓮說：「是我讓她做好飯菜，然後使用法術送過來的。所以飯菜是熱的，而你的鍋灶是涼的。」

楊江淘覺得這個翠蓮說的話猶如天方夜譚：「玲玲……她……會聽你的？」

翠蓮又笑了：「是的，她會聽我的，因為我是她飯店裏的常客，我訂的飯菜，她怎麼會不做？」

玲玲經營了一家飯店，這楊江淘是知道的。然而這一切也太奇怪了，有點不可思議。

楊江淘沉思良久，這才說道：「你說你來是促成我的姻緣，那個人是玲玲嗎？我只喜歡玲玲，雖然沒見過面，可我的心裏只有她。我還沒有對她表明，你能幫助我嗎？」

翠蓮嫣然一笑：「此行我來，就是促成你和玲玲的姻緣，放心吧。」

楊江淘一眨眼間，翠蓮不見了。來無影、去無蹤。

一連幾天，相安無事。

忽然一天深夜，正在床上睡覺的楊江淘，一翻身碰到了一個人。然後聽到一個女孩的驚叫聲：「你是誰？」──這可把他嚇壞了，趕緊打開電燈。

睡眼朦朧的楊江淘，只見床上坐起來一個穿著睡衣的女孩：「你……你是誰……怎麼會在我的床上？」

那女孩也驚恐不已：「在你家裏……怎麼可能？這是哪兒呀？」

楊江淘定了定神，覺得那女孩似曾相識，想起玲玲的照片，便說道：「你是……玲玲？我叫楊江淘……」

「楊江淘？」那女孩呆住了：「你就是楊江淘？我是玲玲呀……」

楊江淘與玲玲這才相互打量起來。

玲玲滿腹狐疑道：「楊江淘……這倒底是怎麼回事？」

楊江淘脫口說道：「玲玲，也許……這是翠蓮……」

玲玲緊盯著楊江淘問：「翠蓮是誰？」

還沒等楊江淘回答，只聽一陣咯咯的笑聲滑過，眼前出現了翠蓮。楊江淘生氣地說：「翠蓮，你在搞什麼鬼？」

玲玲看到翠蓮，越發驚呆了：「你……你不是在我飯店裏經常吃飯的翠蓮嗎？傍晚你還在店裏吃過晚飯，這麼遠的路，你現在怎麼會在這兒？」

翠蓮開心地笑道：「玲玲，我與你一起來的。這前因後果楊大哥都知道。玲玲，你這麼遠的路來了，就與楊大哥好好享受快樂而甜蜜的幸福生活吧。你的飯店，我會替你照管的，放心吧。希望你回去時帶著楊大哥，讓你的父母看看未來的女婿。咯咯……」說罷，翠蓮隱身而去。

朝思暮想的玲玲就在眼前，楊江淘一把摟住了她，而玲玲溫順地依偎在了楊江淘的懷裏。

三

楊江淘與玲玲一夜歡娛，如膠似漆。如此周而復始，不覺已過十日。

　　這對戀人買了兩張機票，飛到了玲玲的家鄉。玲玲帶著楊江淘拜見了父母。兩個老人得知了女兒這段姻緣始末，連聲稱奇。看到未來女婿如此俊朗大方，都覺得十分滿意。

　　在雙方父母的支持下，楊江淘和玲玲神速地走進了婚姻的殿堂，譜寫著恩愛與幸福的篇章。

　　婚後，玲玲把自己的飯店盤給了他人，然後來到楊江淘的身邊，在他的公司擔任了副總經理。玲玲雖然對公司的狀況還不熟悉，然而在丈夫的悉心調教和自己的用心學習下，聰明的玲玲很快就成為了一個出色的生意人。

　　楊江淘不想讓別人摻合進來妨礙他們的二人世界，所以家裏沒有雇用保姆。每天兩人下班回家，楊江淘搶著做家務。他說這樣才算是一個溫馨而又實在的家。

　　楊江淘對玲玲充滿了關愛，無微不至地呵護她。只要時間允許，他就親自下廚；如果沒有時間，就和妻子去酒店消費。雖然家裏有洗衣機，但是因為玲玲的衣服都很高檔，楊江淘心甘情願地手洗。一開始，玲玲覺得有點不好意思，時間一長，就習慣了。飯來張口，衣來伸手。而楊江淘整天笑呵呵的，樂此不疲。

　　夫妻恩愛，事業又十分紅火。

　　二年後，玲玲懷孕了。楊江淘對妻子更加憐愛了。他不僅愛妻子，而且更愛孩子。每天晚上，楊江淘都會撫摩著妻子漸漸隆起的小腹，與腹中的小生命柔聲細語地交談，把滿腔父愛傳送給自己的骨肉，他的心好似用蜂蜜浸泡過一般。

　　玲玲腹中的小生命也許是著忙要與父母見面一般，提前一個月來到了人間。

　　兒子的出世，給這個家庭增添了無比的歡快。楊江淘給兒子起了個名字叫樂樂，請來了保姆。只要一有時間，他就親熱地抱著兒子，充分享受著天倫之樂。

　　楊江淘的父母也趕來幫助照管樂樂。楊江淘因為事業有成，總想著把已退休在家的父母接到身邊來，所以在購房時，購下了面對面的兩套住宅。以前楊江淘沒結婚時，父母來看望兒子，會在那套房子中住上一段時間，不過老人總是思鄉情切，住上十天半月就一定要回老家的。孫子樂樂一出生，老倆口聽到消息，樂呵呵地趕來了。

　　玲玲由於奶水不足，樂樂的主要食物是奶粉。楊江淘出門前給兒子餵奶粉，回家後也是他餵奶粉。他視兒子如同眼珠一般，真是頂在頭上怕嚇著，含在嘴裏怕化了。

　　楊江淘雖然疼愛兒子，但是他不寵不慣，從小給予樂樂良好的教育。胎教磁帶、識字碟片、動畫片、畫報、玩具……只要是對嬰幼兒成長有益的，樣樣俱全。夫妻倆把樂樂培養得既懂事又聰明，人見人愛。

　　樂樂長到五歲了。這天夜裏樂樂忽然哭著說「肚子疼」，豆大的汗珠順著蒼白的小臉滑落，疼得翻天覆地。楊江淘嚇壞了，趕緊開著車，和妻子一起把孩子送到市第一人民醫院。

　　經過醫生診斷，樂樂得了急性闌尾炎，醫生判斷有穿孔的可能，需要馬上開刀手術，並隨時準備輸血。醫生對樂樂的血液化驗後，發現血庫沒有這個血型的血漿了。

楊江淘毫不猶豫地挽起袖子，讓醫生抽血。醫生取了血樣，一化驗，遺憾地對楊江淘說：「對不起，你的血型與孩子不符，不能輸血。」

楊江淘焦急地說：「我是孩子的父親，血型怎麼會不符？麻煩您再化驗一次。」

醫生考慮到也許真的化驗有誤，給楊江淘與玲玲同時取了血樣，立即化驗。然而，化驗結果依然與樂樂的血型不符。

醫生疑惑地問楊江淘：「從化驗結果來看，你的血型似乎與孩子毫無血緣關係，你真是孩子的親生父親嗎？」

「簡直放屁，兒子還有假的嗎？」楊江淘咆哮道，頭上的青筋都漲起來了。

玲玲旋即出了門，又很快回來，一副萬分焦急的樣子。

樂樂儘管已在輸液，疼痛的症狀沒有任何減輕。

正在這時，楊江淘看到音像公司的老闆范江月匆匆進門來，迫不及待地說：「樂樂怎麼啦？是不是需要輸血？我是AB型的血。」

楊江淘愁眉苦臉地說：「我是他父親，血型都不一樣，你的血怎麼行？」

玲玲在一旁說：「江淘，行不行化驗一下就知道了，救孩子要緊。醫生，趕緊化驗一下吧。」

等到化驗結果出來，范江月的血型正與樂樂相同。楊江淘滿腹狐疑，但顧不得多想，樂樂手術要緊。

醫生趕緊做了準備，把樂樂推進了手術室。

　　楊江淘、玲玲、范江月悶不作聲地站在手術室外，焦急地等待著。

　　一個小時過去，樂樂還沒有出來。范江月在一旁自言自語道：「快了快了，做個小小的闌尾手術，過會兒就出來了。」

　　護士匆匆忙忙地進進出出。楊江淘拉住一個護士問道：「我孩子的手術怎麼樣了？」護士掙脫他的手，顧不上回答，匆匆進入手術室。

　　又過了一個小時，手術室外的幾個人開始擔心了，左顧右盼，思緒紛亂。

　　楊江淘的腦子一片空白，什麼也沒想，什麼也不敢想，只盼著手術室的大門快點打開，讓他的兒子平安出來。他焦急地來回走動著，生怕一停下腳步自己會崩潰了。他在心裏一遍又一遍地祈禱著，呼喊著兒子的名字：樂樂……我的好兒子……爸爸在等你！

　　直到三個小時過後，手術室門終於打開了，樂樂被推出來，楊江淘第一個衝上前去。只見樂樂一臉慘白地沉睡著，兩顆晶瑩的淚珠掛在眼角。楊江淘的淚水不禁奪眶而出。

　　主治醫生對他們說：「手術很成功，麻藥過勁後孩子就會醒過來。放心吧。」

　　原來樂樂手術時，醫生切開樂樂的腹部後，卻沒有找到樂樂的闌尾。醫院在三個小時裏換了三位醫生，樂樂再度全身麻醉，並在原來打開的肚子上再加了一刀，樂樂的腸子被清理了六遍，肚子上共縫合了十針，結論是：「腸細膜淋巴炎，天生闌尾缺陷」。

一直陪伴著的范江月，這時才向楊江淘與玲玲告別回家。

樂樂醒過來的時候，已是凌晨六時。樂樂睜開沉重的眼，一句話也說不出，看了看四周，父母親急切的臉既熟悉又陌生。他似乎想說什麼，終究沒有開口，又閉上眼睡著了。

楊江淘終於鬆了口氣。樂樂儘管肚子上添了一條不好看的傷疤，但平安是最最重要的。他想，只要兒子能健康地活著，就是用他的生命去換，他都不會眨一下眼的。

樂樂病癒出院後，楊江淘卻有了心事，始終樂不起來。幾天來一直困擾他的血型之謎，始終沒有解開。為什麼醫生說他的血型和兒子沒有一點血緣關係？為什麼范江月和樂樂的血型一樣？再說，這范江月他怎麼會那麼及時地出現在樂樂最急需的時候？

楊江淘滿懷心事，他有點懷疑玲玲與范江月的關係，卻又不敢懷疑。一直以以來，他與玲玲是多麼的恩愛！

楊江淘就這樣充滿疑惑地苦悶著。心靈的折磨百倍痛苦於肉體的折磨，他終於沉默不下去了。

在樂樂出院一個月後的夜晚，楊江淘躺在床上睡不著，便對玲玲欲言又止地說：「玲玲……你說樂樂的血型……醫生怎麼說和我沒有血緣關係？是醫生搞錯了還是……」

玲玲沉默了一會，歎道：「江淘……其實，我一直想對你說清楚這個事情，因為你的心情一直不好，所以我還沒有說。今天你既然問起，我就對你說了吧……你能不能原諒我沒關係，樂樂是無辜的，他什麼都不知道，你怎麼懲罰我都可以，我只希望你不要傷害樂樂。」

玲玲說著哭了起來。

　　楊江淘好似當頭一棒，頓時臉色鐵青，一字一句地說：「你說吧，我既不會對樂樂怎麼樣，也不會對你怎麼樣，我只想知道真相。」

　　那是樂樂出生的一年前，楊江淘去外地出差半個月。有一天，玲玲在舞廳跳舞時，意外地遇見了自己的高中同學范江月，他已是這個城市一家音像公司的老闆，經營有方，財大氣粗。

　　在這遠離家鄉的地方，兩個異鄉人別提有多興奮了。范江月邀請玲玲喝酒慶祝。不善酒量的玲玲，經不住范江月一再的熱情勸酒，喝得不醒人事。後來，范江月把她帶到了自己的別墅。范江月的妻子謝曉芬一直在廣州料理音像分店，夫妻倆經常過著牛郎織女的生活。在讀高中時，范江月早就傾慕美貌的玲玲了，今晚玲玲一醉，真是天賜良機。

　　一回到家裏，范江月給玲玲熬了醒酒湯給玲玲灌了下去。然後，替玲玲脫光了衣服，自己也是赤條條地上床。

　　燈影下，玲玲的皮膚潔白光滑而富有彈性。范江月興奮而愛惜地親吻著玲玲的每一寸肌膚，恨不能把玲玲吞進肚子裏。

　　玲玲朦朧中感覺到一張滾燙的唇在身上遊動，感到從未有過的舒暢。恍惚中睜開眼睛一看，壓在身上的不是丈夫而是老同學。她掙扎著要推開身上的男人，可渾身無力。她低聲地說：「范江月……你不要這樣……快下去……」

　　「玲玲，我愛死你了……玲玲，我愛你……」

　　范江月一邊說著，一邊興奮地侵入了玲玲的身體，猛烈地撞擊著。這狂風暴雨般的做愛，玲玲還是第一次領略到。丈夫從來都是很溫柔的，他常說：「女人好比鮮花，愛花就要呵護。」

在范江月一次又一次的進攻中，玲玲漸漸地有了感覺。那種淋漓盡致的歡愛，使玲玲體會到了另一種性福。

想起出差在外的丈夫，玲玲會有一種犯罪感，然而她卻鬼使神差般地經常與范江月幽會，偷情的快感沖毀了理智的堤壩。

直到丈夫出差回來，玲玲才有所收斂。當月事遲遲沒有來時，玲玲心中著急了，便對丈夫提出要個孩子，不知詳情的楊江淘高興地答應了。玲玲既愧疚又不安，可是已別無選擇。

樂樂提前一個月出生，玲玲對丈夫說是早產了，醫生也說這是正常的。楊江淘沒有一點懷疑，無怨無悔地把滿腔的愛傾注給玲玲與樂樂母子倆。

當樂樂因手術需要輸血的緊要關頭，玲玲看到自己與丈夫的血型與樂樂不符時，迫於無奈，匆匆出門打電話給了范江月。

聽完玲玲的哭訴，楊江淘反倒平靜了，他面無表情地拉上被子，對玲玲說：「時間不早了，睡吧！」

此時此刻，玲玲寧可丈夫大發雷霆把她痛打一番，然而丈夫居然是風平浪靜。這讓她覺得更可怕。在楊江淘入睡後，玲玲不知哭了多久，朦朧睡去。

當她醒來時，發現身邊沒有了丈夫，此時已是黎明時分。玲玲趕緊起身跑向兒子的房間，看到樂樂呼呼好睡，只是不見了楊江淘。玲玲一屁股坐在了地板上，雙手捂著狂跳的胸口。

四

楊丹聽完了翠蓮的講述，不禁深深地歎了一口氣，說道：「為什麼悲劇都是發生在那些善良的人身上？」

翠蓮感慨地說：「這就是人性的悲哀！——楊丹，我還有事情要去做，楊大哥的護理任務就交給你了，我會經常來探視的。」

楊丹說：「好的，翠蓮你放心吧。」

傍晚時分，楊丹聽到楊江淘在病床上發出輕輕的呻吟聲，趕緊換上無菌衣，走進特護室裏屋，在病床前俯下身子，柔聲說道：「你好，楊江淘！你醒來了真好。」

楊江淘吃力地睜開雙眼問道：「這是什麼地方？你是誰？」

楊丹說：「這是石頭城醫院，我是你的特護人員楊丹。你還很虛弱，要好好休養，不要多說話。」

楊江淘痛苦地說：「你們……為什麼要救我？難道我選擇死的權利都沒有嗎？」

「選擇死很簡單，然而死不能解決問題。不論發生什麼事情，我們都要勇敢地去面對。」楊丹頓了一下，又說：「我也是被他們從死亡線上救回來的……我現在想，當初我的選擇真是錯誤的。因為，我們不能只為自己而生死，我們還背負著很多的責任和義務。」

楊江淘疑惑地看著楊丹：「你？」

楊丹點點頭說：「楊江淘，你不要說話，我把我的故事告訴你，你就會明白人生不如意事十之八九，但是人始終要堅強地活著，面對磨難與痛苦。如果因為有了點曲折，就尋死覓活，世間恐怕就不會再有人類了。造物主賦予了人類靈魂與思想的同時，也把痛苦和災難強塞給了人類。」

然後，楊丹把自己死而復生的事兒，對楊江淘簡要地講述了一遍。

　　楊江淘在楊丹的故事中，漸漸明白過來。

　　楊丹莞爾一笑道：「今天就到這兒，你該好好休息了。有什麼事情你就按一下鈴聲。我就在外屋陪著你。」

　　楊江淘感激地說：「謝謝你，楊丹。」

　　經過胡淨他們的精心治療和楊丹悉心細緻的開導，楊江淘很快康復過來，能夠下床走動了，心情也開朗起來。

五

　　這一天，楊丹在與楊江淘聊天時，又想起了自己的遭遇，不禁歎息道：「我不相信世間還有什麼真正的愛情了！」

　　楊江淘說：「不，這世間還是有真正的愛情！我表姐李倩和表姐夫趙力的愛情故事可是驚天地、泣鬼神的。」

　　楊丹一聽，來了興趣：「是嗎？說來聽聽。」

　　楊江淘回憶道：「我的姑姑和姑夫是一對黑社會的頭頭，他們販賣兒童，罪惡深重。可是，表姐的性格卻與他們截然不同，她有著博大的愛心，和表姐夫一樣經常幫助和救濟需要幫助的人。」

　　接著，楊江淘從她表姐解救被拐賣兒童的事兒說起，講述了一個傳奇故事。

　　表姐李倩是一個很有個性的人，她不願意在父母的羽翼下生活，大學畢業後在遠離家鄉的一個城市工作。她的未婚夫趙力是當地一家公司的副總。為了自己的婚事，李倩與趙力駕車來到南山市，欲讓趙力拜見岳父母，確定婚期。為了讓父母有個準備，李倩安排趙力在賓館住下來，她回家去見父母，先把此行目的向父母鋪

個底。然而當李倩回到家，還沒有與父母商量自己的婚事，就發現
了父母在拐賣兒童——李倩偶然進了後樓，看到有一個房間關著兩
個兒童。樓下有幾個彪形大漢，四下裏來回走動。因為李倩是老闆
的女兒，所以這幾個大漢對她沒有任何防備。

　　警覺的李倩沒有對父母提起婚事，只是在父母面前撒嬌親熱、
觀察情況。然後悄悄地與趙力聯繫，商議如何解救被拐賣的兩個
兒童。

　　第二天，機會來了。李倩父母帶著手下人去外面辦事，看守兩
個兒童的只有一個大漢。李倩立即打電話給趙力，讓他迅速趕來，
伺機救人。趙力隱蔽在大門口外，李倩進入後樓，讓那個大漢去超
市給她購買零食。那大漢有點為難，李倩笑道：「我在家守著，沒
有問題的，快去吧。」那大漢只好領命而去。李倩在大門口對暗處
的趙力打了個招呼，兩人一起衝進後樓，破門而入，帶出了兩個
兒童。

　　趙力帶著孩子匆匆忙忙趕火車，離開了南山市。而李倩則駕駛
著汽車，飛馳而去。那個看守孩子的大漢從超市回來，一看大事不
好，慌慌張張地致電李倩父母。李倩父母急了，立即組織了十多輛
汽車追趕、攔截李倩。

　　李倩的父母雖然是黑道霸首，但對獨生女兒還是百般呵護的，
根本沒有想到自己的女兒會解救那兩個兒童。

　　當李倩飛快地把車子開上盤山路時，發現前後道路都被堵死
了。李倩知道，要是被父母追上，發現孩子不在車中，父母一定
不會善罷甘休，一定會窮追不捨。如果那樣的話，也許趙力性命不

保，兩個孩子還要重新被拐賣。為了趙力與兩個兒童儘快脫險，李倩毫不猶豫地一加油門，把車子轉向了懸崖、翻進了大海。

就這樣，李倩毅然獻出了二十三歲的青春年華。

表姐夫趙力帶著兩名被救兒童倉促地回到了家鄉青岩市，送進了政府執法部門，然後返回火車站，等候李倩回來。他與李倩約定的時間都超過兩個小時了，可還沒見到她的影子。趙力焦急地等待著，一支接一支的抽著香煙。他真想立即前往南山市尋找李倩，然而臨別時李倩一再交代道：「無論發生什麼事，你都不許再到南山市來。我爸爸的黑勢力，你是知道的。他要是知道了原由，你和那兩個孩子都活不成。記住！無論怎樣，我都會回來和你團聚的。等我！」

一夜沒睡的趙力，給李倩不知打了多少個電話，打得手機都沒電了。可是，李倩的手機無法接通，如石沉大海一般。

三天三夜，趙力就是在火車站的候車室守候著李倩。百無聊賴時，買了一份晚報，趙力突然在報紙上看到一女子遭到人口販子追擊而遇難的消息，頓時昏倒在地，被人送進了醫院。

趙力在醫院的五天裏，幾乎沒有說一句話，並拒絕任何食物。後來好友聞訊趕來，一再勸說，趙力才開始吃點東西。他的心中只有一個信念：李倩不會死的，她會回來找他的。

所以，當他的身體有所恢復後，又來到了火車站，癡癡地等待著李倩。

半年時間一晃而過。

再說李倩。

　　李倩沉入大海後，她的魂靈飄忽著到了地府。人間橫死者，必須在地獄裏待上半年，閻君才予審問發落的。這一天，李倩被黑白無常帶到了閻君面前。

　　李倩跪在地上，苦苦哀求閻君讓她回到人間和趙力團聚。那時，她的屍體在海底的龍宮裏還沒有腐爛。

　　可是，閻君說：「你陽壽已盡。雖然你有八十六歲的壽命，可是，你父母作惡多端，把你的陽壽折盡了。他們這樣的人不應有子女的。你和趙力的緣份，只有等到二十年以後再續。因為你做了大善事，現在就讓你重新轉世。」

　　李倩急忙叩頭，聲淚俱下：「閻君，讓我回去吧。如果再等二十年，趙力他是承受不了的。閻君，求你讓我回去！」

　　閻君惱怒道：「你這個不知好歹的丫頭，對你都說明白了，還要無理取鬧。念你在人間做的善事，不與你計較。既然你不要投胎，那麼你就做個逍遙鬼吧。黑白無常，把她送出去。」

　　黑白無常不管李倩的哀求、哭叫，硬是把她拖到了外面。

　　李倩傷心地哭泣著，不知不覺飄到了南山，遇到了南山仙子。南山仙子熱情地接待了李倩，並一再勸她別難過，她會有辦法幫助她的。

　　李倩含淚問道：「南山仙子，你為什麼要幫助我？」

　　南山仙子笑道：「李倩，我的命是好心人救下的。我潛心修煉至今，佛祖讓我做了南山仙子，我得以己之力，報恩於人間的好人。」

　　李倩有點明白了，還是疑惑道：「可是，閻君他……」

　　南山仙子說：「閻君讓你轉世輪迴，時間漫長。我雖然只有

一千五百年的道行，但我可以給你生命，讓你得到重生，一年以後你就可以和趙力結為夫妻了。再過數千日，便可恢復人形了。然而，你在這幾年裏，必須是半人半狐。也就是說，你要麼選擇白天做人、晚上做狐；或者選擇白天做狐、晚上做人。有一點要提醒你，晝夜人狐交替，是很痛苦的，你能做到嗎？」

李倩不假思索地說：「南山仙子，我能做到。我選擇晝狐夜人！」

中秋的夜晚，在火車站又守候了一天的趙力更加思念李倩，回到家喝得醉醺醺地合衣而眠。忽然，他看到了李倩進入家門，對他說：「力，我回來了！」李倩的淚水如珍珠般流淌下來。

趙力一見李倩，興奮異常地說：「……倩……我就知道你會回來的！你可知道，這半年多來，我是生不如死……今天終於見到你了……倩，不要再離開我。我不能沒有你！」

趙力把李倩緊緊地摟在懷裏，泣不成聲。

李倩深情地說：「我回來就是與你團聚的，白頭到老。不過有件事我要對你說清楚，你要是能接受我就不走了，要是不能接受，我就永遠消失了。」

趙力緊緊地摟著李倩，生怕她再從自己眼前消失，急切地說道：「不論怎樣我都能接受，只要你不離開我！」

於是，李倩就把南山仙子讓她死而復生的計畫詳細地復述了一遍。然後，李倩凝視著趙力問道：「你能接受嗎？」

「倩，我當然能接受。我愛你的心永遠不變。我不能再失去你了。」趙力一邊說著，一邊低頭親吻李倩。

李倩推開了他，站起來說：「你不要著急，我一會就回來了。」

話音剛落，李倩不見了。

趙力焦急地喊起來：「倩！——不要走啊……」

趙力把自己驚醒了。原來這是一場夢。趙力失聲痛哭道：「倩，剛才明明看到你回來了，可你卻為什麼無影無蹤？倩……你回來……回來啊！」

就在這時，「咚、咚、咚……」外面傳來了敲門聲。

趙力抬頭問道：「誰呀？」

一個柔柔的女聲飄來：「是我，送李倩回來了！」

「送李倩回來？」趙力想起剛才的夢境，立即明白過來，赤著雙腳衝到門前，顫抖的手一下子打開了房門，迫不及待叫道：「倩……」

——「倩」字剛喊出口，只見門口站著一個美若天仙的孕婦。趙力的面部表情完全僵住了，半開著門堵在那兒，一動也不動了。

那孕婦笑著說：「趙力，讓我進去。」

趙力糊塗了：「這夜深人靜的，你一個女人家進我的房門幹啥？」

「我是送李倩回來的。」那孕婦看到趙力要關門，便往屋裏擠去。

趙力有些發怒了：「李倩在哪？你這不是騙我麼？」

那孕婦又笑了，用手輕輕拍拍隆起的肚子說：「她在這兒！」

「你、你、你是……南山仙子？」趙力一拍腦袋，李倩剛才托夢說，南山仙子就是用這樣的方法讓她死而復生的。他驚喜地對南山仙子說：「快請進來！」

南山仙子進屋後，從懷裏掏出個紅布包來，對趙力說：「你把這個東西放好，千萬不要打開。明年中秋節，你就可以與李倩結為夫妻了。這紅布包，你們務必要在新婚之夜兩個人一起打開，切記！」

趙力接過紅布包說：「仙子放心，我決不會提前打開的！」

說罷，趙力小心翼翼地把紅布包放到保險櫃裏鎖好。

然後，南山仙子對他說：「你回避一下。」

趙力順從地回到了自己的房間，好奇而又焦急地等待著。

過了一會兒，南山仙子叫了趙力一聲：「你出來吧！」

趙力迫不及待地從房間裏跑出來，只見南山仙子雙手托著一個女嬰，送到他面前說：「好好照顧她。我走了。」

趙力剛把女嬰輕輕地抱在懷裏，南山仙子就消失了。趙力注視著女嬰說：「倩，真的是你嗎？如果是的話，你就笑一笑。我知道你剛出生是不會說話的。」

女嬰笑了，張開粉嘟嘟的小嘴說話了：「力，我是李倩，你的倩呀……」

趙力疑惑不解地問：「倩，你怎麼一出生就會說話？」

李倩笑著說：「力，我一直沒有喝過孟婆湯，當然會說話了。力，你把我放在床上吧。」

趙力把李倩放到了床上，輕輕地親著她那嫩嫩的小臉蛋，大顆的淚珠落下來。

李倩說：「力，你睡吧。我明天早上就是一隻小狐狸了。你給我買牛奶喝，兩瓶就夠了。睡吧……我好睏……」李倩說著入睡了。

　　趙力躺在李倩的身邊，靜靜地看著她，沒有一點睡意。

　　早上七點多鐘，趙力朦朧中覺得臉上熱乎乎、濕漉漉、又有點癢癢的。睜眼一看，一隻可愛的小白狐狸在舔他的臉。趙力記起了李倩的話，趕緊起來，抱起小狐狸，輕輕地拍著說：「倩，對不起。我睡過頭了，這就去給你買牛奶。」

　　小狐狸搖搖尾巴點點頭。

　　趙力買來十瓶牛奶。這小狐狸還真能吃，一天兩、三瓶牛奶。趙力整天守候在李倩身邊。白天他與小狐狸相互依偎，夜晚他與李倩熱烈地聊天。

　　一天又一天、一夜又一夜。李倩飛快長大，她的衣服幾乎每天要換大一號。

　　轉眼間，春節到了，趙力沒有回到遠在千里之外的家鄉與父母團圓，而是守護著李倩，照顧著她。這時的李倩已經長得與十三、四歲的姑娘差不多了，白天是隻溫順的狐狸，晚上她為趙力洗衣服做家務。

　　對於趙力來說，他的日子，每天每夜都是充滿了幸福，他期待著李倩更快地成長，期待著南山仙子約定的中秋夜。因為，到那一天，他才能與李倩走進婚姻的殿堂。

六

　　自從李倩死而復生回到趙力身邊，趙力為了照顧她，從公司辭了職。隨著時間的流逝，趙力的積蓄也日漸減少。不過他的運氣挺

好，有一天傍晚去街上的便利店買洗衣粉、牙膏之類日常用品，順手把幾塊硬幣買了三注體育彩票，第二天開獎，居然中了二十多萬元獎金。這真是雪中送炭。

臨近中秋，李倩已發育成熟，和遇難前一模一樣了。雖然依舊是晝狐夜人，但是趙力的心頭溢滿了幸福。他一邊照顧李倩，一邊張羅佈置新房。李倩利用晚上恢復人形時縫製結婚用衣。他倆的結婚照已經在一年前就拍好了。

熱戀中的李倩、趙力始終沒有逾越那最後一道防線，保持著純潔的赤子之身。李倩前身和趙力也從來沒有發生過性關係。他們認為，靈與肉的結合在新婚之夜才更有意義。兩世為人的李倩，婚姻觀念始終如一。

直到中秋節這一天晚上，趙力與李倩終於結婚了。雖然只有兩個人的婚禮，卻一點兒也不顯得冷清。優美的婚禮進行曲、潔白的婚紗、鮮艷欲滴的玫瑰、豐盛的菜肴（酒店送的外賣）、甘醇的美酒，還有床頭上掛著的結婚照……這一切，是那樣的和諧、美滿。

一對愛侶經歷了生離死別的磨難，終於走進了婚姻的殿堂。

在上床睡覺前，趙力拿出了南山仙子給的紅布包。兩個人輕輕地打開來，首先看到一封信，上面寫著：

趙力、李倩：紅布包裏是兩粒丹藥。趙力服用紅色的，李倩服用綠色的。這樣，你們就可以做真正的夫妻了。

兩人打開紅布包，呈現在眼前的是兩顆晶瑩透明的紅綠丹丸，放著柔和的光彩。趙力拿起綠色丹丸，李倩拿起紅色丹丸，相互放到對方嘴裏。

這對有情人終成眷屬，兩顆心緊緊地連接在了一起。

婚後，李倩很快懷孕了。趙力別提有多高興了，對李倩更加悉心體貼與照顧。

李倩分娩的那晚，趙力事先請了一個民間的接生婆到家裏來，給李倩接生。結果很順利，李倩生下了一對龍鳳雙胞胎。

這兩個孩子特別乖，晚上喝奶水，白天吃奶粉。

李倩與趙力非常疼愛孩子。白天時，化成狐狸的李倩溫順地看著趙力細心地給孩子餵奶粉。一到晚上，轉化成人的李倩雙手擁著兩個孩子餵奶，對孩子親不夠、愛不夠。

夜深人靜時，趙力摟著李倩，看著入睡的兩個孩子，滿懷幸福。他對李倩說：「這多好呵，你回到了我的身邊，又生育了一對龍鳳雙胞胎。倩，我好幸福。」

李倩依偎在丈夫懷裏，用手輕輕地撫摸著丈夫的臉，心疼地說：「你辛苦了，既要照顧我，又要照顧孩子……」

趙力說：「倩，你才是受苦了呢，日夜人狐交替，又十月懷胎生育，我好心疼……」

時光如流水，一轉眼，龍鳳雙胞胎已兩歲多了。李倩與兩個孩子從來沒有走出過家門，只有趙力一個人進進出出，所以街坊鄰居根本不知道她們母子三人的存在。

有一天，兒子寶寶把手裏的連環畫扔到一旁，問趙力：「爸爸，為什麼媽媽白天不回家？」

趙力說：「媽媽工作好忙，白天在上班呢。」

女兒貝貝抱著玩具娃娃問：「爸爸，外邊是怎麼樣的？」

　　還沒等趙力回答，兩個孩子一起說：「我們想到外面看看。」

　　趙力把他們摟到懷裏說：「小孩子是不可以到外面亂逛的，等到你們長大了，爸爸媽媽帶你們去旅遊。」

　　這時，貝貝看到身旁的狗狗——李倩化身的狐狸哭了。她從爸爸懷裏跑過去，摟著狐狸的脖子，以稚嫩的童音哄著說：「狗狗不哭……狗狗乖，貝貝都不哭，狗狗也不要哭。」

　　寶寶一邊拿起一塊餐巾紙擦著狐狸的眼淚，一邊叨咕著：「狗狗是怕晚上睡到外面去才哭的吧。爸爸，晚上就讓狗狗睡在家裏吧。」

　　兩個孩子對李倩化身的這隻狐狸，感情一直很好，有什麼好吃的都會給它吃。因為這只狗狗是他倆唯一的親熱夥伴。

　　此情此景，讓趙力忍不住淚如泉湧。化身狐狸的李倩亦是淚水漣漣。

　　就在龍鳳雙胞胎三歲生日這天晚上，趙力拿回來一張當天的省報，頭版頭條刊登的就是李倩的前生父母被處決的新聞，還有公審現場的照片。晚飯過後，趙力把報紙遞給李倩。李倩看到後，大哭起來。雖然他們罪有應得，可是他們畢竟是曾經那麼疼愛她的父母啊！李倩哭著叫了一聲：「爸、媽！」之後，便口吐鮮血昏死過去。

　　這下可嚇壞了趙力。他趕緊抱起李倩，呼喚著、搖晃著。兩個孩子嚇得哇哇大哭，叫喊著：「媽媽、媽媽……」

　　李倩甦醒過來之後，捂著肚子在地上不住打滾，豆大的汗珠不停地冒出來。趙力急得手足無措，兩個孩子更是不停哭喊。

　　「力……趕緊把孩子抱到樓上房間去……千萬不要他們下來。」痛苦掙扎的李倩從牙縫裏擠出一句話來。

　　趙力立即把兩個孩子帶上樓，反鎖在房間裏，然後趕緊下樓來、抱起渾身濕透了的李倩，說：「倩，我馬上送你去醫院。」

　　李倩搖搖頭說：「我感覺到我的身體好像四分五裂撕開一樣的疼痛。抱緊我，我可能不行了……」話還沒有說完，她又昏死過去了。

　　趙力搖晃著李倩的身子哭道：「倩……我的老婆，你可要挺住……我這就送你去醫院……」

　　就在此時，屋子裏飄來一個白衣女人，一揚拂塵，把一粒藥丸送進了李倩的嘴中。趙力正恍惚中，那白衣女人飄向屋外，留下一句話：「種善因，得善果，好好過日子吧！」

　　原來是觀音菩薩！趙力回頭看時，李倩已經坐了起來，他高興地說：「倩……倩，是觀音菩薩救了你……」

　　李倩與趙力一起跪下來，對著觀音菩薩遠去的方向，磕了三個響頭。

　　第二天早晨，一覺醒來的趙力發現妻子已經恢復人形，不再化身狐狸了。他興奮地推醒了李倩：「倩……老婆，你快醒醒，你已恢復人形了……」

　　李倩睡夢中醒來，看到自己的模樣，心中明白了。夫妻倆高興得抱頭痛哭，哭聲驚醒了孩子，他們光著小腳推門進來，異口同聲地問道：「爸爸媽媽，你們怎麼都哭了？」

　　李倩摟起他們流淚道：「因為從今往後，媽媽不用白天上班了，可以帶你們出門上街了……」

　　兩個孩子高興地跳起來，拍手道：「噢、噢……我們長大了，可以到外面去玩耍……」

　　一家人吃完了早餐，準備出門遊玩。當走出房門時，寶寶突然問：「爸爸，今天怎麼不見狗狗了？」

　　貝貝東張西望了一番，奇怪地說：「是呀……狗狗不見了……」

　　李倩對他們笑道：「狗狗也回去陪它的孩子了。」

　　寶寶和貝貝不解地問：「狗狗還有孩子，我們怎麼沒有看到過呢？」

　　趙力抱起他們，說：「狗狗的孩子在它自己的家裏，你們當然沒有看見啦！」

　　趙力與李倩帶著孩子先去報了戶口，然後逛街購物、遊公園下館子，一家人終於玩了個痛快。

　　第二天，趙力帶上李倩和一雙兒女踏上列車，去看望遠在千里之外的雙親。

　　聽完了楊江淘講述的故事，楊丹雙眼模糊了，感動地說：「真是太感人了！人世間果真有這麼純美的愛情，太感人了！」

　　楊江淘說：「是呀，人間自有真情在。」

　　這時，楊丹想起了自己的父母。已經半年多沒有看到兩個老人了，不知他們現在的身體怎麼樣？是否知道自己的女兒已跳海身亡？要是父母知道了，該是怎樣的憂愁與傷心？

第三章　愛的奉獻

石城知卿，情篤已展，一脈情絲。攜手與共，上蒼賦得良機。滾滾塵路，皆無慮、溫暖心裏。且慢論、歲月長河，年年只為瞬息。心思定、情永久，百年不分別，朝朝佳期。感觸此刻，虔祈替親苦體。為愛奉獻，怎知我，為你癡迷。惟有托，慈悲佛祖，讓吾分汝痛疾。

一

待到楊江淘基本康復能料理自己了，楊丹完成了特護使命回到家裏。一靜下來，楊丹思鄉之情更切，並特別想念父母。身在石頭城，楊丹的心情十分矛盾，既欲忘卻前塵舊事，又牽掛兩個老人。左思右想了好久，楊丹拿起電話機，撥打了那個熟悉而又親切的號碼，然而，話筒裏傳來的卻是設定的語音：「對不起，我們只是市內電話服務，不對外界服務，請原諒！」

楊丹懷抱著電話機，淚水猶如斷線的珍珠一般滑落。

石頭城真是與世隔絕的地方嗎？為什麼連電話也打不通？

楊丹想起胡淨給的那一張地圖，如果找到石頭城的車站或者機場，不就可以回家了嗎？

楊丹對著地圖，細細尋找，可是地圖上沒有車站和機場的標誌。當她看到地圖上的一行字便傻了。原來，在地圖的下面有個特別說明：「本市不經營對外界的運輸和客運業務，希望大家理解與支持，謝謝！」

楊丹傻傻地坐了下來。這時，胡淨敲門進來，送來一束鮮花：「楊丹，我剛才上山採藥，看到這花好美，就採來送給你。」

「謝謝你，胡淨。」

楊丹接過花兒，插在花瓶中，然後讓胡淨坐下，沏了杯茶。

胡淨接過茶杯，看了一眼楊丹，關切地問道：「楊丹你有什麼心事吧？看你眼睛紅紅的……」

楊丹歎道：「我想念父母，可是這石頭城連電話也打不通，而且沒有通向外界的車船和飛機？我可怎麼辦？」

胡淨說：「這座石頭城確實是與外界隔絕的一座獨立城市，我們可以從電視、電腦上得知外界的一切，可是外界不會知道石頭城的情況，所以沒有外界的人來打攪石頭城的寧靜和安逸。石頭城有兩條專門通往外界的船隻，只有菩薩特許者才可以進出捕魚。那是一條不被世人知道的祕密通道，在大山的隧道通過。出海漁民也只有12個人有特許權。」

「可是……可是我多想看看我的父母……」楊丹說著，眼淚又流了下來。

胡淨勸解道：「楊丹，你還沒有調整好心態，現在還不能回去的，因為面對塵世的現實，你六根未淨，還會第二次輕生的。」

楊丹趕緊說道：「胡淨，你讓我回去，我絕對不會再輕生了。」

胡淨微微一笑：「你這麼想念父母，我可以設法讓你在夢中與你父母團聚一下。」

楊丹抽泣道：「夢中團聚？可我……」

胡淨不容置疑地說：「目前只能這樣，我先讓你在夢中和令尊相見一下。現在你先洗個澡，午後你到我辦公室來。」

楊丹無奈地點了點頭。

焦急地過了中午，楊丹急匆匆來到了胡淨的辦公室。

胡淨把楊丹帶到了院長辦公室隔壁的「夢幻室」。走進紫紅色的門後，裏面又是一扇潔白的門。再進去，眼前一片明亮，潔白的牆壁、潔白的屋頂。整個夢幻室，除了一些燈光閃爍的儀器以外，在東西兩個牆角各有一隻鮮紅的櫃櫥，櫃櫥高約兩米，寬約一米。胡淨打開東面的櫃櫥，櫃櫥裏面也是潔白的，櫃頂上安裝著儀器儀表。

胡淨對楊丹說：「等一下你就走進這櫃櫥，很快就會入夢，然後與父母相見。」

楊丹疑惑道：「這……這可能嗎？」

胡淨笑道：「你試過了便會明白。不過有些事我要對你交待清楚。當你與父母團聚時，千萬不要對父母說自己是在夢幻中，也不能說你在石頭城生活。若是父母追問起來，你只能編撰一下。因為說了實話，將會對令尊不利。」

楊丹下意識地點點頭。胡淨又說：「你是人為的進入預想夢境，思維與醒著時差不多。你要記住，在人為的夢境中，就是遇到令你生氣、憤怒的事，也不要如同現實中那樣去對待。當然可以在

夢境中發洩一下。不過，等到回來清醒了，要儘快忘記夢境中的事兒，不要為此煩惱。因為這畢竟是夢。」

胡淨把楊丹送進櫃櫥前，又關照道：「楊丹，人為的夢境會讓你很累的。尤其要記住，千萬不要把夢境裏的任何東西帶回來，那樣的話，你也許會永遠的睡去，不能真正的在現實生活中與你父母團聚了，還會傷害你父母的性命。」

楊丹鄭重地說：「謝謝你、胡淨。我都記住了。」

胡淨說：「好，那我們開始吧。第一次入夢只有一個時辰，你要好好利用時間。」

胡淨讓楊丹走進櫃櫥站好，然後關上了門。

櫃櫥中的楊丹立即覺得進入了夜晚，頭頂上星光閃爍，並且一下子犯睏了，想睜開眼睛都很難，迷迷糊糊好像騰雲駕霧一般。

忽然一個激靈，楊丹感覺自己打了個冷戰。睜開眼睛一看，發現自己已經來到了娘家的門前。

楊丹習慣性地從挎包中掏出鑰匙。她有點納悶，明明自己什麼也沒有帶，挎包怎麼會在肩上了？突然想到這是在夢裏。於是她開門進屋。家裏似乎有很多人，鬧鬧鬨鬨的，不在客廳，而是在媽媽的房間裏。楊丹聽到有幾個聲音在問道：

「請問，你的女兒現在在哪裏？為什麼她的照片拍出來是狐狸？」

「楊丹真是你們的親生女兒嗎？」

……

楊丹大步走到媽媽的房門口，從人叢中望過去，看到媽媽憔悴地靠坐在床上，似乎生病了。爸爸往外推掇著那四五個記者模樣的

人，說道：「你們有沒有一點同情心？沒看到我老伴病了嗎？她需要休息，請你們趕緊出去！」

那幾個人還是不走，七嘴八舌地嚷著什麼。楊丹的爸爸發怒了，吼道：「都給我滾出去……」這時，他抬頭看到門口的楊丹，不禁呆住了。

「爸、媽，我回來了！」

楊丹一個箭步，衝到床前，撲在媽媽的懷裏。

背後響起一陣陣按動快門的唭嚓聲，憤怒的楊丹忽然起身，隨手拿起媽媽的枕頭向正在拍照的人掃去。這冷不防的舉動，把幾個專心拍照的人手中的照相機都打落在地板和牆壁上，發出了破裂的聲音。楊丹又掄起枕頭向那幾個人的頭上掃去，爸爸一把拉住了她的手說：「孩子，別這樣！」

那幾個人尷尬地揀起照相機就走人，臨走時還相互叨咕著：

「這算什麼事兒？我們只不過是來採訪而已嘛。」

「就是。這狐狸和人就是不一樣。」

「有什麼了不起的……」

屋子裏平靜下來。楊丹與父母擁抱一起，泣不成聲。

媽媽輕輕地拍著女兒的後背，流淚道：「好孩子……別哭了……」

楊丹抬起淚眼對媽媽說：「女兒不孝，害您得病了。」

爸爸說：「傻丫頭，你媽媽生病，不關你的事兒……」

爸爸鬢角的白髮明顯地增多了，臉上的皺紋裏蓄滿了淚水。楊丹的心中充滿了辛酸。

　　轉眼快到一個時辰了，楊丹依依不捨地對父母說：「媽、爸，我是出差路過家裏，來看看爸媽。車子在等我，我得走了。明天有時間我再來看望你們。」

　　爸爸關切地說：「丹丹，路上要小心。」

　　媽媽淚眼汪汪地揮手道：「媽在家等著你回來。」

　　楊丹覺得好奇怪，這夢終究是夢。爸爸、媽媽都沒有問她現在住在哪裏？她一說要走，誰也沒挽留她。楊丹走到房門口，還往後看一眼，爸爸沒有像以前一樣送她出門。她一出門，看見鄰居們和那幾個記者守候在門外，全都擁了上來，說長道短、問這問那。楊丹竭力地回避著，躲開他們的糾纏。

　　突然，楊丹感到一陣眩暈，彷彿身體飄在了雲裏霧裏一般，又似乎被猛力撞了一下，好險倒地──胡淨在打開櫃櫥門的同時，把她扶住了。

　　此時的楊丹很虛弱，豆大的汗珠不斷滲出，站立起來都很困難。胡淨抱起楊丹到了辦公室，坐在沙發上，他左手摟著楊丹，右手拿起早就準備好的熱毛巾給她輕柔地擦拭著汗水。之後，給楊丹餵了半碗咖啡色的又有點苦澀的液體。胡淨神色嚴肅，動作輕柔。

　　楊丹本能地想要掙脫胡淨，怎奈身子既沉重又無力。

　　胡淨說：「楊丹，你現在還很虛弱，再等一下，體力就會恢復了。」

　　過了一會，楊丹漸漸地恢復了體力。胡淨讓她靠著沙發坐好，問道：「夢境中是不是有你特別生氣的事情發生？否則你不會這麼累的。」

　　楊丹點頭道：「是啊，家裏有幾個記者在採訪我爸我媽，說我是狐狸，懷疑我不是爸媽親生的，我氣壞了，把他們趕走了。」

　　胡淨笑道：「在夢境裏發洩一下也好，只是太累了。」

　　楊丹渾身濕透了，回家洗個澡，累得倒頭就睡，一直睡到了天黑。胡淨打來電話，約她到石頭城醫院對面的「姐妹飯店」吃晚餐。

　　「姐妹飯店」座落在忠善路，是一幢三間兩層的石頭建築。門口，幾個年輕的服務員侍立一旁。大廳是四張紅木圓桌，圍著十把雕花紅木靠椅。半圓型的吧臺，站著一個二十多歲的姑娘，她的身後是紅木酒櫃，酒櫃裏擺滿了各種飲料和酒。

　　看到胡淨和楊丹進來，那服務小姐熱情地招待說：「胡院長、楊小姐好，請到樓上雅座用餐吧！」

　　石板的樓梯上鋪著鮮豔的紅地毯，雕花的欄杆古樸中透著高雅。

　　上了樓，走進一間雅座，楊丹仔細打量了一下，青色的石板牆上掛著名家的花草丹青，顯得十分風雅，臨窗的餐桌上一隻小巧的花瓶裏，一朵嬌豔的玫瑰花張開了笑臉，潔白的餐桌布襯托著花兒的美麗。

　　胡淨拉開一張雕花靠椅，禮貌地請楊丹坐下，自己則坐在了楊丹的對面。服務小姐沏上兩杯上好的綠茶，然後把菜單遞給胡淨。

　　胡淨徵詢楊丹喜歡吃什麼。楊丹笑道：「隨意吧。」胡淨點了幾道菜、一瓶葡萄酒。

　　菜肴很快上來了，色香味俱全。胡淨給楊丹斟酒，然後舉杯：「楊丹請喝酒，這是咱們石頭城出產的葡萄酒，味道甘甜醇厚。」

　　楊丹喝了酒，嚐了幾口菜，有些不解地說：「這姐妹飯店的廚師倒有本事，這幾個菜有各種地方風味。青菜的口味和我們家鄉一樣，只是菜的原味要濃一些。這魚是川味，地三鮮卻是地道的東北風味。」

　　胡淨喝了一口酒，笑道：「這些菜，都是一個二十多歲的姑娘做的。說來你不會相信，這兒的廚師、服務員，說來都是二十幾歲模樣，可實際上她們都快一百歲了。吧臺那個迎接我們的服務員，九十多啦。」

　　「什麼？」楊丹驚歎一聲。那些服務員明明是才二十多歲的姑娘，怎麼會是百歲老人呢？「胡淨，你這不是胡謅嘛？」

　　「非也非也。」胡淨說：「我可不說假話。這家飯店是六個人合夥開的。那些女孩子最大的已九十七歲，最小的是九十三歲。吃完飯，我給你講個故事，你就會明白了。」

　　楊丹迫不及待地說：「我很想立即知道她們到底是怎麼回事，否則我哪裏吃得下去嘛？」楊丹說完這句話，覺得自己有些撒嬌一般了，不好意思地低下了頭，端起高腳酒杯抿了一小口酒來掩飾自己的尷尬。

　　胡淨看了一眼楊丹，臉上泛起了淡淡的紅暈。他對楊丹笑道：「那好，我們邊吃邊聊。」

<h2 style="text-align:center">二</h2>

　　胡淨給楊丹講述了一個令人驚奇的故事。

　　那是一個陰暗、昏沉的下午，灰色的天空佈滿了濃密的烏雲，氣壓很低，低得讓人的呼吸都感覺困難。傍晚時分，一道刺眼的閃電閃過，震耳欲聾的霹靂聲隨後而至，豆大的雨點垂直砸下來。這秋後的雨點冰冷而又堅硬。風雨雷電下的草地上，有一支疲憊不堪的隊伍在緩慢地行進中。

　　這時，有一個名為周杰的懷孕女兵腹痛加劇，陣痛已經沒有間隔了。眼看就要生產了，幾個女戰友忙著為她接生。在這片茫茫草地上，沒有一個可以躲避的接生地方。於是，大家就脫下身上的軍衣，連接著扯起來，為產婦遮風擋雨。

　　不一會兒，隨著嬰兒一聲響亮的啼哭，小傢伙順利地出生了。神奇的是，天空上轉眼間風止雨歇。

　　戰友們把衣服上的水擠乾，又重新穿上了。一件舊軍衣裹包裹著的小生命，那毛茸茸的小臉上，一雙烏黑的大眼睛四處看著，一會兒居然咧開粉嫩的小嘴笑了。大家看著這可愛的小生命，雖然身上瑟瑟發抖，可心裏卻是非常高興。戰友們紛紛拿出僅存的青稞粉，給周杰補養身子。周杰看著這些朝夕相處、出生入死、情同姐妹的戰友，感動得熱淚盈眶。

　　因為兒子的順利出生，滿懷喜悅的周杰忘記了分娩的痛苦，虛弱地坐起來把兒子抱在懷裏。身邊的戰友們催促著周杰給孩子取個名字，她親了親兒子粉嫩的小臉，想了一想說：「他是草地上出生的，就叫草原吧。」

　　夜幕降臨了，戰友們坐在草地上休息，背靠背地相互取暖。

　　翌晨，天剛濛濛亮，部隊集結，準備出發。五個戰友給周杰煮了一碗青稞麵糊，她們則煮了些青草吃下，算是填了肚子。出發時，小張與小沈攙扶著周杰，小楊抱著小草原，其他兩個姐妹背著行李，一行六人相互攙扶著，向前走去。

　　中午一過，小草原餓哭了。她們停下來，小楊要給孩子餵青稞粉吃，周杰說：「不用了，我有奶水了。」

　　等周杰給孩子餵好奶，大部隊已過去，她們六姐妹落隊了，便趕緊休整上路。

　　茫茫的草原，人跡罕至。雨後的草地，到處是水潭，根本看不清前面戰友踩過的痕跡。六個姐妹走著走著，一不小心，疲憊的周杰忽然摔倒了，扶著她的小張也被帶倒了。小沈她們趕緊伸手，要拉周杰與小張起來。結果五個人一起陷入了沼澤地，並漸漸地下沉。走在前面的小楊回頭一看，抱著小草原回身過來要拉住沼澤地中戰友們，漸漸下沉的五姐妹異口同聲地說：「小楊——千萬不要過來——你的任務就是把小草原帶出草地去……」

　　姐妹轉眼就消失了，小楊心如刀割，疼痛不已。心碎的她抱著小草原，流著淚繼續趕路。

　　小楊趕了兩天路，沒有遇到一個人，身上僅存的一點青稞粉都給小草原吃光了。第三天中午，小草原由於饑餓哭個不停，小楊就嚼了點野草，把草汁餵給小草原。可是，小草原把草汁吐出來，繼續哭鬧，哭得嗓子都沙啞了。遠望茫茫無際的草地，小楊一籌莫展地大哭起來。

　　後來，小楊突然靈光一現，咬破自己的左手食指，鮮紅的血液隨即湧出，她把流血的手指放進小草原的嘴裏，饑餓的小草原用力地吸吮著，小楊感覺到了鑽心的疼痛。然而，她忍受著，她不能讓小草原活活地餓死在自己的懷裏。

　　小草原喝了小楊的鮮血睡著了。看看發白的手指，再看看酣睡中的小草原，小楊慘白的臉上露出了微笑，她忍著疼痛，嚼了些野草，抱著孩子繼續趕路了。

　　傍晚時分，小草原又開始啼哭了，小楊毫不猶豫地咬破了另一根手指，讓小草原吸吮。疼痛侵襲著小楊，可她別無選擇。

　　小楊抬眼望去，那遙遠的前方，夕陽映照下，似乎有房屋、有炊煙。她異常興奮地喊起來：「小草原，我們有救了……我們就要走出草地了……」

　　小草原鬆開小楊的手指，咧開小嘴笑了起來。

　　小楊抱著孩子往前趕路。如血的夕陽，似火的晚霞，把天空裝扮得美麗異常，無邊無際的草地一片輝煌。

　　小楊急步而去。突然，她的腳下一軟，一隻右腳陷了下去，她用力一拔，左腳也陷了下去，越是掙扎陷得越快，小楊心頭剛剛燃起的希望驀地破滅了。絕望的她知道自己再也走不出這片茫茫草地了，無法完成姐妹們的託付了。

　　小楊的身體很快地下沉，小草原安然入睡了，小楊無限柔情地親了一下他的臉頰，然後把小草原高高地托舉起來。小楊的胸口已經沉在泥沼中了，呼吸已非常地艱難，但是她使盡全力把孩子托高、再托高。

　　不一會兒工夫，草地上只露出了兩條胳膊在托著一個孩子。轉眼間，那孩子與那兩隻手一起消失了。

　　殘陽如血。草地死寂般地寧靜。這魔鬼般的草地，不知吞噬了多少鮮活的可歌可泣的生命？

　　忽然有一天，觀音菩薩巡遊在枉死城，她被這些驚天地泣鬼神的英雄亡靈所震撼了。觀音菩薩利用法術拯救了這些可敬的英魂，從沼澤深處解救出那些已沉睡了半個多世紀的眾英雄以及六個姐妹和小草原。因為陷在沼澤深處，他們沉睡在地下身體保存得相當完好，如同熟睡一般，栩栩如生。

　　得救的英雄們，被觀音菩薩安置在這石頭城裏生活，成為這座城市的居民，開始了新的生活。

　　楊丹聽完故事回到家裏，思緒萬千難以平靜。回到家裏她打開電腦，敲擊著鍵盤，她要記錄下這段時間所經歷和聽到的一個個離奇古怪的故事。她一開始這樣寫道：

　　如果不是自己有這般離奇的、夢幻般的親身經歷，我說什麼也不會相信這一切。以前只知道南京城別名石頭城，還知道新疆境內古絲道上一個著名的古城遺址的石頭城。在中國的大地上，除了南京、新疆這兩個被稱作石頭城的地方以外，居然還有這麼一座石頭城。並且在這座神祕的石頭城裏，還蘊藏著許許多多不為世人所知道的神奇而感人的故事……

　　時近午夜，激動的楊丹才上床休息。

三

第二天上午，楊丹又來到了夢幻室。胡淨把她送進夢幻櫥櫥時說：「楊丹，在夢境中無論看到什麼，不要當真，不要過分生氣。否則會累壞身體的。」

楊丹笑道：「胡淨你放心吧，我知道是夢境，會提醒自己注意的。」

楊丹進入櫥櫥，一陣眩暈後，又來到家門口。

她看到家門口聚集了好多人，在竊竊私語。當他們看到楊丹時，都眼前一亮。楊丹沒有理會他們，逕自開門進去了，在她即將關上房門時，聽到身後的人興奮地說：「這回有好戲看了。」

楊丹走進家門一看，驚呆了：張偉強怎麼坐在客廳裏？

「丹丹……」看到楊丹，張偉強趕緊迎了過來。

楊丹惱怒道：「你……你到我家來幹什麼？這裏不歡迎你，快給我滾！」

爸爸趕緊過來打圓場：「丹丹……別這樣，不管怎麼說，他是客人嘛。」

楊丹盯著張偉強說：「客人？這是個忘恩負義的無恥小人。」

張偉強不敢正視楊丹的眼睛：「丹丹，雖然我們離婚了，可是媽——不，是伯母生病了，我總要來看望一下。我馬上就走，你別生氣。都是我不好，是我對不起你，辜負了你……」然後轉向楊丹的爸爸告辭道：「伯父，我回去了。」

楊丹聽得糊塗，喝住正要往外走的張偉強：「站住——你給我說清楚，什麼時候我與你離婚了？你想推卸自己的責任，還堂而皇之地說什麼離婚了。真是說瞎話不打草稿。」

張偉強轉過身來，一副無辜的樣子，說：「丹丹，不是你提出離婚的嗎？你還告了我重婚罪，我們在法庭上曾經對簿公堂。我知道是我對不起你，所以我承認了這一切，等待判決坐牢。就在第二次開庭時，你卻缺席了。後來由於有些謠傳，我被免於法律的制裁。現在我被調回了總公司，職務被免去了。只是一個普通的職員……」

楊丹十分疑惑：「天方夜譚。你就編吧。到底是什麼謠傳，法律放過了你？」

張偉強欲言又止。

楊丹怒不可遏道：「快說——是不是心虛編不出了？」

張偉強這才吞吞吐吐地說：「謠傳說……說你是……狐狸精，那些記者在法庭上拍出的照片，沖洗出來一看，原告席上卻顯示出……一條白色的狐狸。這當然是謠傳，誰也沒有公開。不知是後來你撤訴了，還是謠傳的原因，使我免於法律處分。後來，我們是協議離婚的。」

這時，楊丹的媽媽疲憊地靠在房門口，喚道：「丹丹……丹丹……」

一頭霧水的楊丹看到媽媽，趕緊過去攙扶母親回到床上躺下，沒有心思再理會張偉強了。楊丹柔聲地詢問道：「媽你怎麼起來了？我們去醫院檢查一下好嗎？」

媽媽無奈地歎道：「不用檢查，這病醫院也治不好的。」

爸爸在一旁說：「我對你媽一說上醫院，她就發火，害得我乾著急，沒辦法。」

　　經過楊丹再三勸說，媽媽終於同意去醫院檢查。楊丹與爸爸一起把媽媽送到醫院，經過檢查後，母親被留下住院了。

　　楊丹父女來到主治醫生的辦公室，詢問媽媽的病情。醫生說：「她的病情很重，癌細胞已經擴散了。一個月前我就讓她住院治療，可是她非要回家。」

　　楊丹一震：「我媽來過醫院檢查，知道自己的病情？」

　　醫生說：「是的，你媽得的是肝癌，兩年前就檢查出來了。但是她不願意住院，也不讓通知家屬。我們只好給她開了止痛的杜冷丁和一些必備藥，要求她每個月來檢查一次。以前她的狀況很穩定，只是上次檢查時發現有惡化現象，建議她住院化療，她還是拒絕了。她說住院也是不能醫治好的，還不如在家裏多待些日子。」

　　楊丹哭著說：「媽媽為什麼要這樣做？為什麼要隱瞞病情……」

　　楊丹神情憂傷地回到媽媽的病房，淚水一直不斷，她無法接受這個事實：媽媽來日不多了。一想到疼愛自己的媽媽就要離開自己時，她的心碎了。媽媽對楊丹說：「一個人早晚都要有這一天的，生老病死是自然規律。我沒有告訴你們，就是怕你們為我擔心」。聽了媽媽的話，楊丹更加傷心。

　　就在這時，楊丹突然一陣眩暈，就什麼也不知道了。

　　胡淨把楊丹抱到病床上，給她打了一針。過了一會兒，楊丹睜開哭得紅腫的眼睛，四下張望，似乎在尋找著什麼。看到病床前的胡淨，又忍不住哭了。胡淨把她攬在懷裏，輕輕地地說：「楊丹別

哭了，這樣傷心會累壞身體的。這畢竟是夢境呢，也許現實是不一樣的。如果你再這樣的話，下次不讓你去見父母了。」

楊丹靠在胡淨胸前抽泣了一會，等心情平靜後，趕緊離開了胡淨的懷抱，臉紅道：「對不起，我太任性了。我覺得這夢境是真的，我媽真的得了癌症。胡淨，你一定要讓我再去看望他們……」

胡淨說：「看你，一夢就是一天，哭哭啼啼，渾身濕透了。」他抬手給楊丹理了一下垂在額前的頭髮。

胡淨無微不至的關心讓楊丹十分感動，她在心裏暗暗喜歡上了胡淨。

天色不早了。胡淨讓姐妹飯店送了兩份速食過來。楊丹掛念著夢境中的情節，擔心媽媽的病情，一點兒胃口也沒有。

胡淨哄她說：「你的身體本來還沒有完全康復，又去了兩次夢幻室，看你把身體搞成這個樣子，真叫人心疼。再不吃飯，身體就要拖垮了。」

無精打采的楊丹倔強著不肯吃飯。

胡淨又說：「這樣吧，你趕緊吃飯，好好睡一覺，明天我與你一起去看看老人家，到底是怎麼一回事？」

「真的嗎？」楊丹驚喜道：「你能與我一起進入夢境？」

胡淨笑了：「當然。」

楊丹一把拉起胡淨的手說：「你真是個怪人——不，是個神仙。是不是？」

胡淨哈哈大笑。

楊丹心頭湧上一股柔情。她想，我是不是真的要愛上胡淨了？

　　倆人很快地吃完了晚餐。然後，胡淨把楊丹送回了住處。

　　楊丹剛剛上床躺下，楊江淘打來了電話。他對成為石頭城居民、有戶口本、房產證等等離奇的事兒，十分疑惑不解。楊丹對他一一作了解釋。楊江淘苦惱地說：「可是我想回家看看，胡淨和翠蓮都不讓我走。石頭城沒有回家的路，電話也打不通。」

　　楊丹便把這幾天她通過夢幻室進入夢境與父母相見的事兒，對楊江淘說了一遍。楊江淘聽了，高興地說：「那就好，能夠通過夢境去看看，我也心安了。」

　　楊江淘還感歎道：「這石頭城，真是太神祕了。胡淨、翠蓮、白松林他們，似乎都是神仙。」

　　楊丹說：「是啊，我們遇到神仙了。」

　　倆人聊了好久，各自收線休息。

　　楊丹一覺醒來，洗漱完畢，吃了早餐，來到胡淨的辦公室。這時楊江淘也來了。他一見胡淨便直截了當地說：「胡院長，我也想回家看看，哪怕在夢境裏也好。

　　胡淨笑道：「沒有問題。不過今天不行，我要陪楊丹去一下，白松林在研究人工合成血漿，沒有時間。況且你的身體需要再調養，真正康復了，我一定會滿足你的心願。」

　　楊江淘雖然很著急，但是聽到胡淨這麼一說，他只好點頭同意，回去休息了。

　　楊丹與胡淨走進夢幻室。一陣旋暈之後，楊丹看到胡淨果真在身邊，心中說不出有多高興。一轉眼，他們飛快地來到楊丹媽媽的病床前。

楊丹拉著媽媽的手說：「媽……我來了。這是我的朋友胡淨，是他救了我的生命。」

胡淨上前俯身喚道：「伯母，你好！感覺身體怎麼樣？」

楊媽媽坐起來笑道：「胡淨？我聽翠蓮說起過你，謝謝你救了我家丹丹。有你照顧丹丹，我就放心了。」

楊丹聽到媽媽說到翠蓮這個名字，心中有點疑惑。

楊丹與爸爸、媽媽、胡淨輕聲聊了一會，突然，楊媽媽腹部開始疼痛起來，汗如雨下。醫生趕來為她輸液止痛。楊丹看在眼裏，疼在心裏，把胡淨叫到外面，滿含淚水地問道：「胡淨，你能不能減輕一點媽媽的痛苦？」

胡淨無奈地說：「這是伯母該受的罪，要是我讓伯母減輕痛苦，那樣是有違天意的，除非有人自願代替伯母受罪。」

楊丹迫不及待地說：「我願意替媽媽受罪，我實在是不忍心看媽媽這樣痛苦。胡淨，求求你了……」

「這是很痛苦的，你的身體還很虛弱，承受不了的。」

「我不能眼睜睜看著媽媽經受病痛的如此折磨。胡淨，你幫幫我吧……」

胡淨被楊丹的一片孝心感動了，他扶著楊丹的肩膀說：「好吧，你別哭了。我們去找個地方，點上三支清香向老天和閻君請示作法。」

楊丹帶著胡淨在街上的店裏買了香與蠟燭，回到家裏。胡淨洗淨雙手，恭敬地點燃香燭。然後，他與楊丹跪在地上拜了三拜。楊丹止不住淚水又下來了，哽咽著說：「玉皇大帝……閻君……請允

許我替我媽媽受罪，我媽媽該受的疼痛讓我來代替吧。我是她的女兒……我要讓我媽媽在沒有痛苦的狀態下走完她的人生之路……」

胡淨也念念有詞地叨咕著，可楊丹聽不清他究竟在說什麼。

請願完畢，倆人匆匆趕回醫院。一進入病房，楊丹就拉起媽媽的手，胡淨捧起楊丹母女的手，念念有詞，開始施法。

正在輸液的楊媽媽不知道女兒與胡淨在幹什麼，只覺得疼痛的症狀在慢慢減弱。

胡淨念叨完畢，鬆開了手，滿頭大汗地坐到沙發上。

楊媽媽從疼痛中平靜下來，看到楊丹大汗淋漓，急忙問道：「丹丹，你怎麼了？」

楊爸爸看看楊丹、又看看胡淨，覺得這兩個年輕人似乎都病了，欲轉身出門喚醫生。

胡淨示意他不用找醫生，他說：「伯父伯母不用擔心，我與丹丹休息一下就沒事了。」

這時，翠蓮急急忙忙地進來了，與楊丹父母打了聲招呼後，就把胡淨叫出了病房。

四

胡淨在走廊上一邊走，一邊著急地問道：「翠蓮，發生什麼事了？」

翠蓮說：「剛才醫院送進來一個割腕自殺的女孩，由於發現得晚，血都流盡了。醫生想要輸血都找不到血管。那女孩幾乎已經沒有了呼吸，我怕這樣下去會沒救了，就施展法力使那個女孩暫時閉

氣和停止心脈，把法珠放到她的嘴裏維持她的生命。你趕緊回石頭城吧，她叫孫曉晴，是個善良的女孩，不該這樣死去的……她的壽命還沒到。」

「好吧，我這就回去。」胡淨說著，轉回病房，拉起楊丹，對兩個老人告辭。楊丹不肯離開，胡淨說：「伯母暫時沒事了，我有個病人急需搶救。放心吧，翠蓮會隨時照料老人的。」

楊丹感覺身子一沉，只見胡淨打開櫃櫥門，扶著她出來。胡淨把她帶到辦公室在沙發上坐好，急匆匆地說：「丹丹，你先在這兒休息。我去救人要緊！」

胡淨走後，楊丹依在沙發上，神思不定。她覺得，夢境中發生的一切，是真實的。自己不是在做夢，而是真的回到了家裏與父母團聚了。媽媽是真的病了。否則，我的身體怎麼會這樣疼痛？等到胡淨回來，我一定要問個究竟。她忍著劇痛，喝了胡淨準備好的藥水，靠在沙發上睡著了。

「小佘，你趕緊去實驗室幫忙。」

聽到胡淨的聲音，楊丹立即醒了過來，疼痛已經消失了，她站起來走出辦公室，看到胡淨與小佘一起往實驗室走去，便跟了上來。胡淨回頭一看，對她說：「丹丹，你也進來吧。」

楊丹隨著走進實驗室。走過一道玻璃門，是一間搶救室。只見搶救臺上躺著一個二十四、五歲模樣的女孩，臉色蒼白。搶救臺前的不銹鋼架子上，安置了一隻裝有血漿的三升玻璃桶，輸血管已接通。楊丹想，胡淨他們的速度真是夠神速的。

楊丹透過玻璃門靜靜地看著胡淨、白松林和小佘在忙忙碌碌。女孩的傷口縫合好了，監控儀上的靜電指數、心率指數，還有腦血流的指數在跳躍上升。女孩那張蒼白的臉漸漸有了血色，能看到她的胸部在起伏了。

胡淨他們走出搶救室。白松林對他說：「她的生命暫時是沒問題了。只是……她自己的血都流光了，全是合成血漿，可能維持不了幾天，最多一個星期。」

胡淨問：「那你儘快想出辦法來。」

白松林說：「最妥當的辦法是需要輸入人的血漿，加上她自身產生的血液，使之循環轉化。」

「需要輸入多少血漿？」

「至少得輸1,200毫升血漿。三個月後她就可以恢復健康了。」

楊丹聽到病人需要人體血漿，就毫不猶豫地說：「抽我的吧，我是O型血。」

「你的身體能承受得了嗎？」胡淨看著楊丹虛弱的樣子說：「要是抽了血，你最起碼要過一個星期才能進夢幻室的。」

楊丹果斷地說：「沒關係的，我媽有翠蓮照料。救人要緊，能抽多少就抽多少。」

胡淨猶豫不決地看著楊丹。楊丹著急地說：「還等什麼？快抽血吧。」

胡淨、白松林和小佘都很感動，再說什麼都是多餘的。胡淨讓楊丹躺在隔壁手術室的病床上，對白松林說：「開始吧。」

　　白松林給楊丹的手臂清洗、消毒後，把抽血針注入靜脈。過了一會，白松林拔了抽血針，說：「已經600毫升了。」

　　楊丹說：「白醫生再抽吧，把1200毫升都抽齊了。」

　　白松林說：「最多600毫升，再多抽血你的身體一定受不了。」

　　楊丹說：「沒事的，我身體好著呢。」

　　胡淨握著楊丹的手說：「丹丹，這可不是鬧著玩的。本身你很虛弱，再抽600毫升血，絕對不行的。等身體恢復些，你還要去見媽媽，老人家只有二個多月時間了。」

　　楊丹看著胡淨，堅定地說：「我很想陪伴媽媽，讓她安心地度過最後的日子。可是，搶救室裏的女孩，這麼年輕，咱們可不能放棄搶救她，否則是我最大的遺憾。胡淨，你要支持我。」

　　胡淨的眼睛濕潤了，他握緊了楊丹的手。

　　白松林說：「楊丹，既然你有這樣善良的心願，我看這樣吧，我先把今天的血給那女孩子輸進去。你去休息、保養，三天後再來找我抽一次血。」

　　楊丹問：「這樣分兩次輸血，行嗎？」

　　白松林說：「沒有關係的，一周內都沒有問題。」

　　楊丹這才放下心來，在胡淨攙扶下，走出了手術室。回到胡淨的辦公室，胡淨立即給楊丹注射了補血劑和營養液，並送她回家睡覺。

　　楊丹的身體實在有點虛弱了。胡淨攙扶著她走到家門口時，她已邁不開步子了。胡淨把她抱起來，送進房裏。在胡淨的懷裏，無力的楊丹閉著眼睛，聽到他急促的心跳聲，內心泛起愛戀的情愫。

　　胡淨把楊丹輕輕地放在床上，楊丹拉著他的手不放。她覺得胡淨滾燙的手，好像電流一樣傳遍了全身、傳到心裏。隨著心跳的加快，楊丹的臉變得一片緋紅，似天上的彩霞一樣美麗。

　　胡淨溫柔地看著她。

　　楊丹忽然想起一個問題，睜開眼睛問道：「胡淨，你告訴我，當你給我媽施法時，是不是在替我分擔痛苦？否則你不會這麼累的。」

　　胡淨笑道：「什麼都瞞不過你。我怕你承受不了巨大的苦痛，所以我就為你承擔了一半痛苦。」

　　楊丹嗔怪地說：「你真傻！我為媽媽承擔痛苦是理所當然的，可是你又所為何來？」

　　胡淨深情地看著楊丹說：「我是心甘情願的。」

　　楊丹滿懷感動。就這樣躺了一會，她忽然又問：「胡淨，那夢境似真似幻，可我覺得一切都是真實的，是不是？」

　　胡淨點頭道：「丹丹，雖然是夢境，但確實是真實的。」

　　楊丹似信非信地說：「如果是真的，那麼為什麼有人說我是狐狸精？還有那些我與張偉強離婚、上法庭、拍照片這些事兒，到底是怎麼回事呢？」

　　胡淨服侍楊丹躺好，對她說：「這些事兒，還得從頭說起。」

五

　　原來，楊丹在兒童公園撞見張偉強有老婆、有孩子後，承受不了這樣的打擊，奔出公園，打車來到郊外的盤山公路上。當時張偉強隨即也跟了出來，只是晚了一步，他打算一路跟著楊丹，當他在

盤山公路上下車時，親眼看到楊丹絕望地跳入了大海。他對著茫茫
大海，悲痛欲絕地哭喊著，然而一切都是徒勞的，洶湧的海水早就
吞沒了楊丹。

張偉強回到家時已是夜半時分，看到空落落的房子，他又雙手
抱頭痛哭。儘管他傷害了楊丹，也是出於無奈，內心中還是愛楊
丹的。

第二天早上，張偉強買了車票，趕到楊丹父母的家，準備向兩
位老人請罪。當他忐忑不安地敲開門時，開門的竟然是楊丹。

張偉強以為自己撞見鬼了，嚇得面色蒼白，腿一軟差點倒下，
他的嘴唇哆嗦著：「你、你、你……？」

楊丹氣憤地嚷道：「你來幹什麼？這是我的家，這裏不歡迎
你。咱們法庭上見。——滾！」說罷，楊丹關上房門，把張偉強拒
之門外了。

沒過幾天，楊丹一張起訴書，把張偉強和他的情人送上了法
庭，告了他重婚罪和小玲的破壞家庭罪。

張偉強自知理虧，沒有請律師，他願意接受法律的處置。因為
這個案件對家庭與社會具有一定的警示意義，所以在法庭的庭審過
程中，有許多記者前來採訪，他們拍了照、錄了像。然而很奇怪，
晚上的電視新聞沒有播放，日報、晚報也沒有報導。第二次開庭，
原告楊丹沒有到庭，法庭最後只好以事實不符而草草結案了。

其實這個楊丹，是翠蓮化身而變的。翠蓮接到菩薩的指令，
讓她化成楊丹回到父母身邊，以免楊丹的父母承受不了這沉重的打
擊，並為以後楊丹回家打下基礎。翠蓮在瞭解了楊丹輕生的始末

後，十分氣憤，決意為楊丹討回公道。於是她一張狀紙把張偉強和他的情人小玲送上了法庭。

修煉成仙的翠蓮化作楊丹的模樣，人的眼睛是分辨不出的。然而在閃光燈下，翠蓮就顯出自己的原形了。在第一次法庭的庭審中，記者們拍出的照片，原告席上的楊丹，顯示的是一隻小白狐狸。記者們匪夷所思，當即與法官聯繫，愕然的法官看了照片，迅速通知電視臺與報社不得發佈報導，並對此事嚴加保密。法庭決定第二次開庭，是為了再試探一下楊丹，結果楊丹消失了，沒有出現在原告席上。

小道消息像長了翅膀一樣，成了這座城市裏人們茶餘飯後的話題了。都說，閃光燈就是古時的照妖鏡，楊家的女兒居然是隻狐狸。

一開始，蒙在鼓裏的楊丹父母十分支持女兒依法討回公道。但是，翠蓮知道自己的身份已經暴露，不能再繼續隱瞞楊丹的父母，就把實情告訴了他們。兩個老人這才知道，眼前這個酷似女兒的人，不是自己的親生女兒，而是狐仙化身。兩個通情達理的老人知道女兒楊丹已死而復生，生活在另一座城市，就放下心來，並且答應翠蓮一定會配合好，不會洩露任何祕密。真正的楊丹回家，他們也不會說穿這件事兒。

所以，後來楊丹通過夢幻室回家與父母團聚，兩個老人表現得很自然，沒有露出一點破綻。

楊丹這才明白了：「原來是這麼一回事兒呀，真是麻煩你們大家了。」她對著胡淨看了一會，若有所思地說：「胡淨，你如此神通廣大，一定也是來歷不凡。」

　　胡淨笑道：「我知道你不會放過我的，因為你是個鬼精靈。我是與翠蓮一樣為狐狸修煉成仙的。只因觀音菩薩說我塵緣未了，所以讓我化身成人，在這石頭城做了個救死扶傷的醫生。這石頭城，就是當年我修煉的地方，菩薩法力無邊，一揚拂塵，變成了一座城市。石頭城最大的特色是石頭建築和紅木傢俱。這是菩薩就地取材建成的。多餘的紅木材料當時已銷給石頭城外的人，成為石頭城的財政儲蓄。生活在石頭城的居民，前生都是忠孝仁善之人，還有一些塵緣未了、修煉而成的生靈。有的生靈修煉了千百年，卻嚮往人間生活而不要做神仙。他們都有神奇的法力，願意為人們服務。我們醫院的白松林醫生就是其中的一個。」

　　「白松林？」楊丹似乎想起了什麼，她說：「白松林的名字有點熟悉……好像在我小的時候，外婆曾經給我講過一個故事，其中有個白松林，和你一樣是狐仙。你們醫院的這個白松林原來也是修煉成仙的狐狸啊？」

　　胡淨有點好奇地說：「你把你外婆講的故事說給我聽，他們究竟是不是同一個白松林？」

　　楊丹說：「好吧，我說來你聽聽。」

六

　　話說在中原曾經發生了一個這樣的故事：

　　一天傍晚，「君再來」酒樓來了兩個風度翩翩的公子。穿著白色長衫的叫白松林，穿著紅色長衫的叫洪千旬。兩人被店家恭敬地

請上了二樓包間，點了幾盤下酒的菜肴，要了上好的杜康酒，兩人邊吃邊喝，不知不覺五斤酒下肚了。

這時洪千旬說：「白兄，差不多了。我們回吧。」白松林說：「不忙，再來一斤吧，時間還早吶，這酒太好了。」洪千旬也沒有再說什麼，其實他也沒喝夠。於是二人又要了一斤杜康酒，喝好之後付了帳就出了酒樓。這時，兩個人的腳步都有一點歪了。

洪千旬一邊跌跌撞撞地走著，一邊說：「白兄，我喝多了，要趕緊進山了，不然我怕堅持不住了。」

白松林連連點頭：「是呀，洪兄，我也好像過量了，我們抓緊進山吧。」兩人的家在兩處，於是就分頭走了。

可是沒走多遠，白松林倒在了路邊，剛一倒下不久就顯了原形，原來他竟然是一隻狐狸，這酒喝得實在太多了，顯了原形他還不知道，居然倒在路邊鼾聲如雷地睡著了。

這時，有個長工陳村替東家辦事路過這裏，正好看的真切，眼瞅著一個人倒下了，接著變成了狐狸。他一看就明白了，便走上前去抱起了酒味撲鼻的狐狸回家了。

這當兒，眼看天要黑了，陳村先把狐狸安置在自家的破茅草房裏，還把自己的被子給狐狸蓋上，看著狐狸的這副醉態，陳村說：「你看你，怎麼貪杯了？都能變成人形了，你得修煉多少年、受多少苦呀，為什麼不知道珍惜？要是被誰傷害了你的性命豈不可惜？你就在我這睡吧，我這沒別人，不會有人來打擾你的。我還要去東家那兒，很晚才能回來。這是水，我放在你的身邊了。喝酒了，嘴會乾的。醒來時你喝口水再走。下次可千萬別貪杯了。」陳村說著

放好了盛水的碗，帶上門走了。白松林酒醉心沒醉，陳村的話他都聽見了，心裏萬分感激。

　　但是，洪千旬就沒有這麼幸運了，他和白松林分手後，跌跌撞撞地進了山。可是來到山裏，他支持不住了，立刻在山坡前顯了原形，變成了一隻通紅通紅的火狐狸。這眼睛一眨的事，被上山砍柴的劉書富看到了，他剛才還在尋思：這位公子哥天都快黑了，還急匆匆進山幹什麼？正這麼想著，忽然見到那人倒下了，並且顯了狐狸的原形，劉書富這下可高興了，送上門的好事。火狐狸是多少獵人夢寐以求想得到的，可是誰又能捕獲到了呢？我今天運氣好，白揀一個火狐狸。他的皮毛可值了錢了，我這一個冬天不用砍柴了。老婆兒孫都會過上好日子啦。

　　劉書富背著火狐狸下山了。回到家裏剝了狐狸的皮，燒了狐狸的肉。把住在西下屋的閨女一家三口也叫來了。一家人美美地吃裏一頓狐狸肉。劉書富十六歲的孫子說：「爺爺真厲害，捕到了火狐狸了。」八歲的外孫吃著狐狸肉說：「姥爺，明天我也和你去山裏，再打一個狐狸，這肉真好吃！」

　　你瞧，洪千旬的命運真夠慘的，可白松林的命運就不同了，到了亥時，陳村回來，點上油燈一看。咦，那狐狸還在！陳村沒辦法，靠在狐狸的邊上合衣躺下了，一邊嘴裏嘀咕著：「我不是有意冒犯你，我太窮了，只有這一床被子，你就將就一下吧，我們蓋一條被子吧！」陳村叨叨咕咕的躺下了。

　　第二天陳村起來一看，狐狸不見了，水也沒了。他知道狐狸醒酒走了。

　　轉眼四個月過去了，事情就這樣一天天過去而被淡忘了。這年農曆十二月十六，陳村剛起來，忽然聽到有人敲門，陳村納悶：這麼早會是誰呢？再說了，到我這來叫我的，都是推門就進來的，哪裏還會有人文質彬彬地敲門呢？陳村打開門，出現在眼前的是一個穿著白衫、風度翩翩的公子。陳村不認識，估摸是找錯門了。

　　這時那位公子深深鞠了一躬說：「恩公在上，白松林有禮了！」

　　陳村疑惑地問：「誰是恩公？請裏邊說話吧！」

　　白松林走進屋來，把自己的身世如實相告，說他是修煉了一千三百多年才修煉成人形的狐狸，那天因貪杯才顯出了原形，酒醒後因為掛念一起喝酒的兄長，才不辭而別。陳村問他的兄長可好，這一問，白松林的淚水下來了，哽咽著把洪千旬醉倒後被劉書富擒獲而身遭不幸的事兒說了一遍。說完，兩人長吁短歎，萬分感慨。白松林抹了抹淚，說：「恩公別難過了，說點高興的吧，我今天是來接你的。」

　　陳村不解地問：「接我幹什麼？把我接到哪去？」

　　白松林說：「恩公，我接你去你的新家，馬車就在外等著呢，你東家那裏我已經說好了。收拾一下，我們走吧。」

　　陳村就像做夢一樣，聽憑白松林的擺佈，再說他的東西再簡單不過了，不用怎麼收拾。他隨著白松林上了馬車，一個時辰就來到了一個大院的門外。高高的門楣上寫著「陳宅」兩個鎦金大字，這會兒早有人在那迎接了，一見馬車來了，便一擁而上，攙扶陳村下

車，口稱「老爺」，陳村只有二十多歲，哪裏受過這等待遇，一時手足無措，稀裏糊塗。

白松林陪著陳村一邊走一邊說：「恩公，這就是你的新家，這些人都是你的僕人。放心，他們都是我從附近找來的，確實是人。這兩個月裏，我就是在給你置地、造房、雇人。你的高堂和弟弟妹妹我已經派人去接了，我還給恩公說了一門親事，再過六天就成親。是你原來東家的二小姐。人你也見過的，是二九年華。」

面對這突如其來的一件件好事，陳村不知如何是好。這時白松林又說話了：「大家都過來，這就是你們的老爺！」話音剛落，「呼啦啦」，男女傭人十幾號，一起上來拜見行禮。就這樣，陳村告別了長工生涯，一步登天做起了老爺，還美美地成了親，原來的東家成了岳父。父母弟弟妹妹接來了，一家人歡歡喜喜地大團圓。白松林為陳村安排好了一切，這才拜別恩公，繼續潛心修煉去了。

回頭再說說劉書富。這一年的三月，劉書富的孫子定好親、過好禮、看好了日子，不料就在定親的第二天，他的孫子暴病身亡了。不出兩個月，劉書富的兒子媳婦孫兒孫女死的一個沒剩。就連嫁出門的女兒和外孫也相繼離開了人世。

這一天，劉書富借酒澆愁，喝得醉醺醺的，站在冷冷清清的院子裏，望著蒼天自言自語：「我劉書富作了什麼孽，為什麼要我家破人亡？」醉意朦朧之間，只見一個人影恍恍惚惚地站在面前，那人滿身血跡的走了進來，伸出尖尖的十指，直逼劉書富：「劉書富，拿命來！」劉書富嚇得魂飛魄散，連聲爭辯說：「我沒害你性命，你是

誰？」這人又說了：「一年前，我喝醉了酒，睡在山裏，你把我背回家害了我的性命不算，還吃了我的肉。我今天是來討命的！」

劉書富一聽全明白了，他雙眼一閉，在那兒等死。過了片刻，劉書富忽然聽對方說：「算了，我就留你一條命吧，你一家九口已經替你了罪孽，如今你落得家破人亡，這是報應！」說罷，那人飄然遠去……。

劉書富醒來之後，這才明白了一家人因何而死，他放了一把火燒掉了整個家業，出家做了和尚……。

塵世情緣

第四章　舊夢易碎

紅塵凡事磨難多，憂愁煩惱伴挫折。人生劫難尋常事，坎坷泥濘荊棘過。踏紅塵，經風波。現實中悲歡離合。舊夢易碎莫觸摸，生命珍貴而脆弱。

一

胡淨聽完楊丹講的故事，大笑起來：「你故事中的白松林就是我們醫院的白松林呀……他的故事已經流傳在民間了，真是有趣啊。這白松林報了長工陳村的救命之恩後，又進山修煉了。再後來，菩薩同意他來到凡世紅塵間，到石頭城醫院治病救人。對了，我們醫院的護士長佘青梅，她也有一段非同尋常的經歷。今天太晚了，你又捐了血，要趕緊休息。」

楊丹覺得胡淨說得在理，胡淨忙了一天，累得夠嗆，就沒有纏住他，讓他回去休息了。

在家裏調養了兩天後，楊丹來到醫院，找到白松林，又獻了600毫升鮮血。看到搶救室中那個叫曉晴的女孩子，輸入了自己的鮮血後，生命的跡象更加強盛了，楊丹的心頭極是欣慰。

在院長辦公室，胡淨又給楊丹注射了補血劑與營養液。楊丹靠在沙發上休息時，護士長小佘進來向胡淨匯報了住院病人的相關情況後又匆匆離去辦事了，楊丹想起胡淨說過小佘的經歷非同尋常，便要胡淨坐在她身邊，講述青梅的故事。

胡淨對楊丹說：「小佘是修煉一千多年的蛇，本來它和姐姐青蓮一起修煉成仙、下凡生活的，後來發生了一件意想不到的事兒，她的姐姐青蓮犯了天條，雷公前來執法，青蓮便在人間消失了。小佘的性情和善，能容忍別人難以容忍的事情。後來經菩薩點化，讓她來到石頭城與我們一起救死扶傷。」

楊丹著急地說：「青梅的姐姐犯了什麼天條？她們的經歷一定非常傳奇。現在你正好有時間，還是從頭說起吧。」

胡淨笑道：「看把你急的，我特地先說個引子給你聽，你真是個急性人。」

大約在三百多年前，佘青梅和她的姐姐佘青蓮一起在九華山修煉成人形。它們十分嚮往人間的生活，於是結伴來到了凡世間。這一天，一路逛來的小佘姐倆在一座小山的崎嶇道上正行走著，看到半山腰有戶人家。

半山上腰住著的是孤兒寡母兩個人，這裏離最近的村落有百十里的路程，所以這裏的山林沒人管理。這母子倆在山上開了塊荒地，吃糧自己種植、穿衣自己織布。老人的兒子山柱經常打些柴禾挑到山下去變賣，換些油鹽之類的東西回來，這樣，母子倆的日子過得還挺滋潤。

看到這兒有戶人家，姐妹倆打算進屋歇個腳，於是就敲起了門。開門的正是山柱。二十一歲的山柱長得高挑的身材，濃眉大眼，微黑的皮膚卻擋不住英俊的面孔。

那青蓮一見山柱，就打心眼裏喜歡上這個年輕人了。山柱一看到兩個如花似玉的姑娘，趕緊低下頭不敢再看一眼，低著頭問：「兩位姐姐找誰？」

青蓮看了妹妹一眼，意思是不讓妹妹青梅說話，青梅理解姐姐的意思，微微點了下頭。青蓮笑呵呵地說：「小哥，我們姐妹倆是你家隔壁的，過來串個門。」

「隔壁的……我怎麼不知道？」山柱用渾厚的男中音疑惑地說：「山上除了我們馬家，沒有別的人家了，不知你們住在哪個隔壁？」

「我們是山那面的，新搬來沒幾天。這座山上就只我們兩戶人家，雖然在山的那面，我們也是鄰居呀。」青蓮伶牙俐齒，說得山柱不知該怎麼回答，也不知是否該讓姐妹倆進來。這時，山柱的母親馬大娘在裏面說話了：「山柱，來了客人還不快點讓進來？」

姐妹倆跟著山柱往裏走，青梅不知姐姐為什麼要說謊，一臉的迷惑。青蓮對妹妹作了個鬼臉，又向山柱的背影努了努嘴。青梅明白姐姐的心思了，原來姐姐是喜歡上這個小夥子了，她向姐姐作了個差的手勢，食指在自己的臉上劃了兩下，伸伸舌頭。青蓮滿面緋紅，輕輕罵了句只有妹妹能聽到的話：「死丫頭！」

來到屋裏，山柱就拿著柴刀出去了。青蓮的眼睛一直目送著山柱走出去。

　　馬大娘與小佘姐倆寒暄著，忽然看到青蓮注視自己兒子的眼神，心裏可高興了。暗暗想，要是有這麼一個漂亮的兒媳婦該多好，這姑娘看來是喜歡上山柱了，我可快要抱孫子了。

　　「你們什麼時候搬來的？」馬大娘笑呵呵地問姐妹倆：「家裏都還有什麼人？」

　　青蓮滿面笑容地回答：「搬來三天了，就我與妹妹兩人。」

　　馬大娘關心地問：「那你們現在住在什麼地方？你們的父母呢？」

　　青蓮沉重地說：「我和妹妹暫時住在山洞裏。父母……早年過世了，我倆是逃難過來的。」

　　馬大娘憐憫地說：「怪可憐的。姑娘家的，住在山洞裏怎麼行？要不就先住在我家吧？」

　　馬大娘的這番話，青蓮聽了非常高興。要是住在馬大娘家，這樣就可以和山柱每天見面了。她故作猶豫地說：「這……」

　　這樣冒失地與馬家住在一起，青梅覺得不妥。她想了一下，說：「謝謝你了馬大娘，我們住在那裏很好的，暫時不用打擾您了。我們坐一會，鄰居相互認識一下我們就走。」

　　「我們都是窮苦人家，還客氣什麼？我們這五間房子，就我們娘兩個住著，反正空著房子，你們就搬過來吧，大家也是個伴，相互也有個照應。」

　　聽妹妹的意思是不願意住在馬家，青蓮也就不好意思住下了，便也推辭道：「我們就不住在這裏了。大娘，我倆這就回去了，改天我們再過來，會經常來看您的。大娘有空也到我們家坐坐。」

馬大娘說：「既然你們堅持不住我家，大娘也不勉強了。你們姐妹倆總要吃了飯再回去吧，家常便飯，你們要是再推辭可就是看不起你大娘了。」

青蓮說：「天快黑了大娘，我們還是回去吧。」

「你看你們姐妹倆也真是的，天黑怕什麼？吃完飯後，大娘讓山柱送你們回去。對了，你們是不是就住在離我們兩裏來路的東面山洞裏？一定是那個山洞吧，因為這山上沒有另外的山洞了。你們姐妹倆還真有眼光。前幾天我和山柱在山洞外那塊地上幹活時，正好趕上下雨了，我們娘倆就在那個山洞裏躲雨呢。」這馬大娘一高興，話也就多了。

「原來那塊地是大娘家的呀，莊稼長得真挺好的。」青蓮隨機應變地附和道。

馬大娘聽得青蓮說那莊稼長得好，便笑呵呵地說：「是呀，那塊地的玉米再過一個月就可以燒著吃了。你們姐妹倆要是喜歡吃，到時候就自己去地裏掰好了，不用客氣的。」

就這樣，馬大娘和姐妹倆聊得極是投緣。說是和姐妹倆聊天，其實只是和青蓮在聊天。一向不愛多說話的青梅，只是想著馬大娘說的那個山洞，姐姐青蓮還真行，與馬大娘聊天聊出了一個住處。

馬大娘給姐妹倆準備晚飯，青蓮幫助馬大娘忙乎著。她為了以後能夠順利成為馬大娘的兒媳婦，把妹妹支開說：「青梅這裏不用你，你不是說走路走累了嗎？去歇會吧，我來幫大娘就行了。」

「青蓮呀，你也去歇會吧，大娘做慣了，沒事。」

「我不累，大娘。我妹妹走不慣山路，走幾步就喊著累。讓我幫您一起做吧，大娘。」

馬大娘抓了一隻雞，要宰了煮給客人吃。青蓮說什麼也沒讓，她說：「大娘您要是這樣客氣，我們姐妹今後可就不敢來了。我們就家常便飯吃點好了，大家隨意些。」

青蓮既然這樣說了，馬大娘只好作罷，只是簡單地炒些自己種的蔬菜，煎了幾個雞蛋。

山柱砍柴回來就開飯了。在吃飯的時候，山柱根本不敢抬頭，只是低著頭吃飯。青蓮看著山柱的樣子，心裏更是充滿了愛意，她大方地對山柱說：「山柱哥怎麼不吃菜呀？大娘炒的菜真的很好吃！」

山柱見青蓮把菜添到他的飯碗裏，臉刷地紅到了耳根，靦腆地說：「妹妹不要客氣，我自己來。」

「山柱哥在自己家裏怕什麼呀？是不是我們姐妹討擾了？」青蓮吃飯時嘴也不老實，她就怕山柱不注意她。

馬大娘心裏著實高興，看看兒子，再看看青蓮，滿臉都是笑容，笑呵呵地對青蓮說：「青蓮你自己也吃呀，山柱你怕什麼？這裏也沒外人。」

晚飯後，馬大娘讓山柱送姐妹倆回家，臨走時還千叮嚀萬囑咐地讓姐妹倆多來坐坐。聰明的青蓮怕找不準山洞的位置，便對山柱說：「山柱哥前面走，我們有點害怕。」

憨厚的山柱說了聲：「好的，我在前面走，兩個妹妹小心點，山路不好走。」就拿著燈籠在前面帶路。當看到山洞口時，青蓮

說：「天晚了，就不讓山柱哥進來坐了，山柱哥早點回吧，省得大娘掛念，路上小心點。」

「我給你們照著路，等你們進去我再走。」山柱說著在山洞口給照著亮，青蓮、青梅小心翼翼地進了山洞。山柱見姐妹倆進了山洞，就告辭回家了。

待山柱走遠，姐妹倆就使了法術把山洞裏映得燈火通明。青梅對青蓮說：「姐姐，這個山洞還真不錯，我剛才真在擔心，要是我們找不到山洞怎麼辦？畢竟我們對這裏不熟悉。看來姐姐是喜歡上那位山柱哥哥了，我快有姐夫嘍，我要做小姨了。咯咯……」

「死丫頭，就你嘴貧，看我怎麼收拾你？」青蓮說著就把手伸向妹妹，要拉她的耳朵。

青梅躲閃著，不依不饒地說：「沒有話說就動手，哪裏還像個姐姐？剛才在馬大娘家的溫柔賢慧樣子哪去了？」

姐妹倆說說笑笑地在山洞裏鬧翻了天。過了一會兒，青蓮說：「青梅，我得悄悄去馬大娘家看看。」

青梅笑著說：「才分開一會就想了，三更半夜你去了，馬大娘不懷疑你不是人類才怪，再說也讓人家看不起呀姐姐。」

青蓮一本正經地說：「我不進他們家的門，也不會讓他們發現的，既然我決定嫁給山柱，那麼我就得多瞭解一點，最起碼要知道我在他們眼裏是怎麼樣的。青梅，你先把山洞收拾一下，我想一兩天內馬大娘一定會到咱們這裏來的。我去去就來。」

說著，青蓮飛出了山洞，直奔馬大娘家，悄悄躲在窗子底下，剛好山柱正回到家。

　　馬大娘剛收拾完，盤腿坐在炕上點上一袋煙，沒吧嗒上兩口，看到兒子回來了，高興地說：「柱子回來啦。你覺著青蓮這姑娘怎樣？我太喜歡她了，人長得俊，嘴又甜，她要是能做我的兒媳婦，那可是我八輩子修來的福氣呀。」

　　山柱聽媽媽這麼說，吹滅了燈籠放在一旁，坐到炕沿上笑著說：「媽，您是想兒媳婦想瘋了。八字沒一撇呢。再說了，今天第一次見到人家，還不知人家怎麼想的，咱們可不能一頭熱呀。」

　　馬大娘拍拍坐在炕沿上的兒子，自信地說：「就你傻小子看不出點門道來，你沒看青蓮看你那眼神、那口氣、那行動……人家姑娘家要是不喜歡你，絕對不會這樣做的。以後你再見到人家，要熱情主動點，錯過了這麼好的姑娘，老娘可不答應你。對了山柱，剛才你去送青蓮姐妹兩個的時候，媽一個人在想。她們姐妹倆剛到這裏，我們應該幫幫她們。」

　　山柱接過母親的話茬說：「媽，怎麼幫嘛？」

　　馬大娘有些不樂意了，拉著臉說：「山柱哇，你是真傻呢還是不開竅？幫她們搭灶砌炕、壘牆裝門什麼的，現在天氣熱還對付住住，要是天一冷，這姐妹倆能受得了嗎？我想好了，明天你就和我一起，帶上工具，給青蓮姐妹先搭個灶，然後坨點泥坯給她們砌炕。就這麼定了，早點睡覺吧。」

　　母子倆的嘮嗑，全被隱身窗外的青蓮聽到了，她心裏十分感激馬大娘，心想：有這樣一個婆婆，真是太好了。

二

青蓮回到山洞時，青梅已經把山洞收拾得如同皇宮一樣華麗。青蓮對青梅皺眉道：「你呀，如果明天馬大娘與山柱過來，看到山洞變成了這個模樣，非得嚇壞不可。」

青梅正在滿意地欣賞自己的傑作，聽到姐姐這樣數落自己，便有些生氣地說：「姐姐，我辛辛苦苦把山洞收拾成這樣漂亮，想讓你未來的婆婆和相公喜歡……我不管了。」青梅說罷一揮袖子，眼前的一切又恢復了原來破爛的樣子。

青蓮來到妹妹身邊，心平氣和地說：「青梅，我剛才去山柱家，聽到馬大娘說明天要和山柱來幫助咱們搭灶砌炕，還要壘牆裝門呢。如果他們看到山洞變成了宮殿，真的要嚇壞的。我倆又怎能下凡間生活呢？」

姐姐這麼一說，青梅想通了，便問：「姐姐，那你說該怎麼辦？」

青蓮笑道：「青梅別急，姐姐會收拾好的。」

只說話的工夫，呈現在青梅眼前的山洞又變了：一堆乾草上放著簡單的行李，一塊大青石上放著疊得整整齊齊的衣服。在山洞的一邊，以石壘灶，還有一隻灰黑的小鍋。鍋灶邊上有一個小布袋，袋裏有一點大米，整個山洞裏既樸素又乾淨。

翌晨一早，馬大娘與山柱進得山洞來，老人家心疼得掉下了眼淚，她拉著姐妹倆的手說：「住這樣的地方，真委屈你們姐妹倆了……我看還是住到我家吧。」

　　姐妹倆一口回絕道：「沒關係的大娘，我們逃難在外，有這樣的住處已經夠好了。我們暫且就不麻煩大娘了，以後再說。」

　　馬大娘歎道：「唉……你們姐妹倆也太要強了。好，大娘不勉強你們，不過有什麼要幫忙的，就告訴大娘，可千萬不要客氣。我今天和山柱來先幫你們把灶搭好，然後砌個炕。」

　　就這樣，馬大娘母子和青蓮姐妹經常來往，感情與日俱增。

　　大約半年後，經馬大娘撮合，山柱和青蓮結為了夫妻。婚後，青蓮住進了馬家。儘管馬大娘、山柱和青蓮一再邀請青梅住在一塊，可是青梅拒絕了，獨自呆在山洞裏。青蓮明白青梅的意思，沒有勉強她。一年後，青蓮為山柱生了一對雙胞胎，馬大娘更加疼愛青蓮了。

　　青蓮和山柱經常抱著孩子來到山洞裏看望青梅，青梅也經常去姐姐家走動作客。日子幸福而平靜。

　　然而，天有不測風雲。

　　一個南方的神漢趙鳳有牽著一條惡犬從青梅住的山洞前經過時，發現山洞裏有一條修煉成仙的蛇，心裏一動。蛇精的眼睛可是價值連城的夜明珠呢。於是，他就躲在山的那一面準備好了咒符，要在第二天的正晌午時三刻對青梅施法。

　　這天中午時分，在家中的青蓮忽然感到心裏發慌，預感到妹妹有難。青蓮對馬大娘說：「媽，我去看看青梅，一會兒就回來，我就不帶兩個孩子去了。」

　　馬大娘說：「你去吧，孩子有我呢，你放心吧。路上小心。」

來到山洞，青蓮看到青梅正坐在炕上緊皺眉頭，心事重重，便急切地問道：「青梅，你怎麼了？」

青梅神色不安地說：「不知怎麼回事，我總覺得有什麼不幸的事兒要發生……山妮和山娃呢？」

青蓮往山洞外看了一眼，回過頭來說：「我也有點心慌，趕緊來看你，我婆婆在帶兩個孩子。」

正這麼說著，忽然，山洞猶如著火一般，酷熱難耐。青梅跳下炕，焦急地說：「不好……有人使了法術，要置我們於死地。無冤無仇的，到底是誰呢？」

青蓮拉著青梅說：「青梅，暫時別想那麼多了，這個傢伙的法術好厲害、好歹毒！我們趕緊合力施法破解，否則難逃此劫！」

姐妹倆背靠著背，一起向洞外運氣施法。大約過了半個時辰，只聽外面天崩地裂一聲巨響，山洞裏恢復了平靜。

姐妹倆無力地對視了一眼，知道已破解了一場災難，相擁著倒在地上休息。

過了一會兒，青蓮站了起來，憤怒地說：「這個可惡的傢伙，不知他殘害了多少苦心修煉的精靈。我決不放過他，一定要懲罰他。不滅了他，我就枉為蛇仙！」

一聽姐姐說要滅了那個神漢，青梅趕緊阻攔說：「姐姐不可！我們修煉這一千多年容易嗎？可不能逞一時之氣毀了這一千多年的道行。再說他已經嚇跑了，也許再也不會做這種傷天害理的事情了，能饒人處且饒人，算了吧姐姐……」

　　青蓮氣不打一處來，對妹妹吼道：「我可沒有你的氣量，我要是今天不趕來，你還有命嗎？早就讓他殘害了，這樣的人還能放過嗎？你不計較，我可要認真計較，此仇必報。」

　　青梅緊緊拉著青蓮的手說：「姐姐……千萬不要，你有一個幸福的家庭……你不能這樣做呀姐姐！」

　　青蓮看到妹妹一再阻攔，便冷不防點了妹妹的睡穴，對妹妹說了聲：「對不起了青梅，你睡一個時辰醒來就好了。」說罷一陣風兒捲出洞外。

　　再說那神漢趙鳳有。他午時前帶著惡犬來到山洞外，佈置好了降伏蛇精的一應之物，午時三刻一到，他悄悄地在山洞口貼了六張符咒，然後擺上香案點燃符咒，盤了雙腿坐在香案前念著咒語。那咒語念了沒幾句，他突然一激靈，心想：不好！我昨天明明看到只有一股冷氣從山洞裏飄出，今天怎麼會是兩股抵抗力量？看來今天我難以成功，弄不好性命難保。我趙鳳有這麼多年從來都沒有失手過，也許要陰溝裏翻船了。

　　這一分心，施法失靈，隨著山崩地裂的轟響聲，山洞上的符咒就化為灰燼了。趙鳳有牽著惡犬拔腿就跑，逃到了馬大娘的家裏。看到趙鳳有面色蒼白，嘴角淌著鮮血，馬大娘吃了一驚。趙鳳有跪在了馬大娘面前，哀求救命：「大娘……救我，我被一夥歹人追殺……」

　　心地善良的馬大娘說：「你跟我來吧！」她把趙鳳有帶到了後院，讓他與那狗藏在一口大缸裏，用一口鐵鍋把缸蓋好，急忙回屋照管孫子孫女。馬大娘心驚膽顫地把兩個孩子摟在懷裏說：「山妮、山娃藏在奶奶懷裏，不要說話。」

　　兩個小孩子懂事地藏在奶奶懷中，一聲不吭。

　　青蓮從山洞裏趕出來，順著趙鳳有的血跡，直奔家裏後院的大缸處。

　　馬大娘只見一陣狂風捲進院子，嚇得她摟緊了孩子，閉上了眼睛，以為家裏來了妖精，這回可完了！只一眨眼的工夫，又一陣狂風出去了。馬大娘來到後院，打開大缸一看，哪裏還有人？那條狗也不見了。馬大娘嚇得渾身直發抖。

　　那陣狂風一路飛捲，到了山頂停息了下來。趙鳳有與那惡犬重重地摔倒在山石上。青蓮冷笑了一聲。驚魂未定的趙鳳有爬起來，跪在青蓮面前磕頭饒命。青蓮怒氣沖沖地說：「我們姐妹與你無冤無仇，你為何要禍害我們？」

　　趙鳳有哭道：「都怪我……鬼迷心竅，謀財害命，冒犯了仙女……姐姐……」

　　這時，那條惡犬向青蓮狂吠著撲來，青蓮一怒之下吞了那惡犬，一腳把趙鳳有踢下了山谷。

　　青蓮回到了山洞，見妹妹還在昏睡中，就點醒了她。青梅睜開雙眼一看，嚇得目瞪口呆。青蓮的腹部圓鼓鼓的。青梅哭喊道：「姐姐……你為什麼要吃人？難道你不知道嗎，這是不能消化的，七天之後就會漲死的。現在……該怎麼辦？」

　　青蓮說：「我把那個惡漢踢下了山，只是吞了那惡犬……，青梅，我現在是不能回家了，那兩個孩子怎麼辦……」

　　青梅說：「我們修煉成仙，任何生靈都不能吞食的，姐姐你真糊塗……我又不會開刀動手術，就是會……我們這修煉之身一旦破體見血，也是白白修煉了一場……」

青蓮這才有些後悔了。衝動是魔鬼。她看著青梅，一時無語。

青梅想了一會兒說：「姐姐，你暫且安心住在這裏。我去一趟九華山，找山神老爺祈求一個救你的辦法。」

青蓮點點頭，無奈地說：「只好如此了，我在這兒等你回來。」

青梅告別了姐姐，翻身駕雲來到九華山，在山神廟叩拜了山神老爺。山神老爺看到青梅，就笑道：「青梅姑娘怎麼想起來叩拜我老仙家了，是不是也要做新嫁娘了？那年你姐姐青蓮就是在出嫁前，來叩拜我的。呵呵……你姐姐還好吧！」

青梅流著眼淚說道：「山神老爺，我姐姐有難……青梅我特來向山神老爺求救……」

山神老爺收起笑臉，正色說道：「青梅別急，起來說話。究竟發生了什麼事？」

青梅便把整個過程說了一遍。

山神緊鎖雙眉，歎道：「青蓮太草率了。一心修煉，須要忍耐為上。不可輕易傷害生靈，更何況把活物吞入腹中？這不僅是毀了自己的千年道行，小命都難保啦，唉……」

青梅為姐姐辯解道：「山神老爺，那神漢與惡犬實在太可恨了，我姐姐忍無可忍，才惹了禍。山神老爺，求您看在我們姐妹倆千年修行的份上，而且姐姐生性善良，從不傷害生靈，今天事出有因，懇求山神老爺給我姐姐指一條活路！」

山神老爺說：「凡間俗子，人心各異，你們千萬要小心行事，能饒人處且饒人。」

青梅說：「我姐姐已知錯了，山神老爺設法救救她吧……」

山神老爺凝神一想，說：「有一個方子可以消化活物，只是……採藥太艱辛了，常人恐難做到。」

青梅堅定地說：「只要姐姐有救，我做什麼都願意。」

山神老爺說：「在天山的雲層上，有一塊正方形的青石，六月初六那天，你在巳時點上一炷香禱告，然後要把你的血灑在青石上，當你的血把整塊青石染紅後，你繼續下跪禱告。到正晌午時，那塊青石上會長出七七四十九棵萬能草。這種草能醫治百病，不管人類還是其他生靈，得了任何疑難絕症，用這四十九棵萬能草煎上三刻鐘，然後喝下這湯就立馬會痊癒的。因為青蓮吞了惡犬，這草湯需加一茶盞的蜂蜜，一茶盞的麻油，一錢人參。配法是：先用三升的水把萬能草煎湯，一直把萬能草熬爛，然後把另外的藥引子放進鍋裏繼續煎熬，到後來會化成一粒藥丸。用一茶盞的人乳把這粒藥丸服下後，你姐姐腹內的活物就會化掉。大約一刻鐘的時間，青蓮會嘔吐出一口血來。這樣就沒事了。今天是六月初四，時間還來得及，你趕緊去吧。不過，你去天山前，最好先找個精靈去陪伴青蓮，因為十二個時辰後，青蓮會很痛苦的，腹部會漸漸漲痛。你趕緊去吧。」

青梅給山神老爺磕了三個響頭，來到隔壁的一個山洞，山洞裏有一條曾經一起修行的老狼，青梅對狼仙說了事情的經過，拜託狼仙去照顧姐姐，自己則去天山採藥。狼仙答應了青蓮的請求，前去照顧青蓮。

三

青梅歷經了千辛萬苦，終於采回了四十九棵萬能草，並配齊了藥引子，當她匆匆趕回山洞時，看到姐姐正坐在石上閉目運功。讓她奇怪的是，姐姐的腹部恢復了平坦，狼仙不在山洞裏，姐夫山柱陪在姐姐身邊。

青梅剛要想問個明白，這時青蓮突然張口嘔吐起來，吐出了一大口黑血。

青蓮長長地舒了一口氣，看著青梅說道：「妹妹你回來了。我終於沒事了。」

一臉風塵、憔悴不堪的青梅疑惑地問：「姐姐，這是怎麼回事？」

青蓮說：「那天你走後，狼仙來了，你姐夫也來了。這些天我腹中漲痛，多虧了他們的照料。你姐夫看到我在地上痛得翻滾，心疼地跪在地上禱告，不知流了多少淚。今天上午，那狼仙無意中說漏了嘴，說喝了天河水會化掉活物，但不能去偷喝，會觸犯天條的。但是我實在受不了啦，非去不可。狼仙怕惹事，就告辭回去了。我忍痛去偷喝了天河水，剛回來一刻鐘。姐姐我現在好了……」

「姐姐呀，你……你要大禍臨頭了！」青梅的淚水刷地一下湧出來，喊道：「我通過山神老爺求到了救命方子，我上天山跪了三十個時辰，用血染紅了一米見方的青石板，乞求到了萬能草，配齊了藥引子，急著趕回來救姐姐。沒有想到姐姐又犯了死罪……」

　　沒待說完，青梅又急又氣，一頭栽倒在地，四十九棵萬能草落到了地上，化做四十九顆火苗，一轉眼就彙成一股青煙，飛出洞外飄散了。

　　青蓮與山柱趕緊扶起青梅，呼喚著昏迷的青梅。

　　這時，山洞外面雷聲大作。青蓮情知不好，嚇得臉色鐵青，山柱也面無人色地緊緊摟住了青蓮。

　　青蓮抱著丈夫說：「山柱哥……看來我們的緣分已經盡了。我嫁給你這幾年，是我一生中最幸福的時光，我很幸福很滿足。山柱哥……天意不能違……我走了，你好好孝敬婆婆，撫養我們的一雙兒女長大成人。」

　　山柱擁緊青蓮，喊道：「不……青蓮，我不讓你走……我們一起去乞求上天放過你。」

　　雷聲轟鳴中，雷公的聲音從天空中傳來：「青蓮，你觸犯了天條，罪不容赦，還不趕快出來受死！」

　　山柱聽得真切，慌慌張張地拉著青蓮跪下哀求道：「雷公爺爺請開恩……青蓮她偷喝天河水是……事出有因，求雷公爺爺放過她……」

　　雷公高聲喝道：「觸犯天條就是死罪。你們人類法可容情，可以通融，有的還可以枉法。天條是一視同仁的，無論是誰，無論什麼原因，只要觸犯了，就要受到懲罰。不要抱有任何幻想，不要妨礙我們執行天條！」

　　山柱聲嘶力竭喊道：「不……雷公爺爺，要死我們就一塊死……」

雷公威嚴地說：「青蓮罪不容赦，你命不該絕。」

山柱手足無措，只是緊緊攬著妻子不鬆手。這時，一道閃電襲來，隨之一聲驚天動地的霹雷，青蓮突然消失了，山柱昏死過去。

雷電聲驚醒了昏迷的青梅。她喚醒山柱，倆人抱頭痛哭，呼喊著青蓮。聲聲催人淚下，句句令人斷腸。

青梅把山柱送回了家。一家人悲痛欲絕，給青蓮建了「衣冠塚」。

青梅流著眼淚，在姐姐的「衣冠塚」前磕了三個頭，親了一下外甥和外甥女，傷心地離開了這生活了幾年的地方，回到九華山繼續修煉了。

青梅人在九華山，心繫姐姐家。她悲傷地思念著死去的姐姐，幽怨地牽掛著兩個年幼的孩子。

安不下心來的青梅又來到了姐姐的家。沒有幾天時間，兩個孩子又瘦又黑，馬大娘已是一頭白髮，姐夫山柱精神恍惚地病臥在床，不思飲食。原本是一個幸福、快樂的家庭，如今籠罩在悲哀的陰影裏。青梅心酸不已。

兩個孩子看到小姨回來，哭喊著要媽媽，青梅摟著他們，痛哭了一場。然後她留了下來，與馬大娘一起照料這個家。

失去了青蓮之後，山柱的精神崩潰了，總是顛三倒四，身體也日漸消瘦。雖然每天不離湯藥，病情卻始終不見好轉。馬大娘整天以淚洗面。不到一年，山柱有些瘋瘋顛顛了，且骨瘦如柴。

看到山柱對姐姐如此癡情，青梅既感動又心疼。然而，山柱的病況，讓青梅無計可施。想起山神老爺給的方子，青梅決定再去天山一次，求來仙草給山柱治病。

轉眼又是六月初四了，青梅準備起程時，馬大娘含著淚水千叮嚀萬囑咐，就怕青梅萬一有個什麼閃失。青梅微笑著安慰馬大娘，一定儘快趕回來。

青梅又上了天山，雲層處那塊正方形青石，一年間竟然長大了一倍，這意味著青梅要多用一倍的血，才能把這青石染紅。六月初六巳時，青梅在青石上燃香禱告，劃破手臂，讓自己的血染紅青石。由於失血過多，跪在青石上禱告的青梅好幾次險些昏倒。到了正晌午時，青梅驚喜地看到那塊青石上長出了七七四十九棵萬能草。

青梅求得仙草，不顧勞累越過萬水千山，匆匆趕回時，山柱已經昏迷了，馬大娘正與兩個孩子哭喊著。

青梅進得屋子，立即煎熬萬能草。

很快，七七四十九棵萬能草熬出了半碗仙草湯，青梅與馬大娘一起灌進了山柱的嘴裏，大約一刻鐘的工夫，山柱起身坐了起來。馬大娘和兩個孩子這才破啼為笑。

山柱醒來了，青梅累倒了。山柱與馬大娘抱著青梅，兩個孩子又哇地大哭起來。青梅虛弱地說：「我沒有事兒，只是有點累，休息一會兒就好了。」

山柱與馬大娘一起，輕輕地把青梅放到炕上，蓋好被子，讓青梅睡覺休息。

　　然後，馬大娘宰雞熬湯，要給青梅補身體。等雞湯熬好，山柱一勺一勺地餵給青梅喝了。

　　在馬大娘母子倆的照料下，青梅很快恢復了身體，久違的笑容又浮現在一家人的臉上。

　　後來，青梅嫁給了山柱，一起撫養姐姐留下的兩個孩子。過了四、五年，青梅又給山柱生了一男一女兩個孩子。

　　家裏人口增加了，孩子們又在慢慢長大。青梅覺得在山上生活，孩子的教育是個大問題，於是與山柱、馬大娘商量之後，一家人下了山，在青龍鎮租了房子和店面。

　　青梅開了家藥店，每天坐堂門診，山柱經常上山採藥。由於青梅醫術高明，待人熱情，且價格公道，上門求診的病人絡繹不絕。又過了幾年，青梅置了房產買了店面，還請了先生為四個孩子教書。

四

　　楊丹聽到這兒，欣慰地笑了。

　　胡淨歎道：「如果沒有後來的變故，這個結局真是很圓滿的。」胡淨繼續講青梅的故事。

　　時光如流水。轉眼間，山娃、山妮十八歲了。山妮跟著姨媽學習醫道，給人治病。而聰明好學的山娃經過寒窗苦讀，在鄉試中考得頭名。進京趕考，又名列榜眼，皇帝欽點其為知府並把當朝宰相之女賜婚於他。

　　山娃大名馬青山，山妮名為馬曉環。青梅與山柱所生的一男一女兩個孩子，男孩馬青海，女孩馬曉娟。

　　青海與大哥青山一樣，勤奮好讀，而踏上仕途，成為本縣的一個七品父母官。女兒曉娟也是跟著母親青梅學醫。

　　兒女們一個個都長大成人、成家立業了。

　　馬大娘在臨終之時，拉著青梅的手說：「青梅呀，謝謝你們姐妹倆為馬家傳宗接代，又把他們都培養成人，光宗耀祖，這是山柱前世修來的福氣。有你們姐妹倆這麼好的媳婦，媽這一世人沒有白做。」

　　馬大娘帶著笑容離開了人世。山柱和青梅把她送到了山上，葬在青蓮的「衣冠塚」邊。

　　馬家長子馬青山由於深諳官場之道，加上有丞相這麼一個岳父，官職一直提升。在岳父退職回家、頤養天年時，馬青山接替了岳父的位置，官封丞相。

　　高官厚祿、位極人臣的馬青山三番四次要接父母去京城養老，然而山柱夫妻不願意上京城，堅持留在青龍鎮經營藥店，馬丞相只好作罷。

　　山柱在六十六歲那年離開了人世。傷心的青梅把山柱葬在了他母親的旁邊與青蓮合葬，與曉環、曉娟兩個女兒一起繼續打理著藥店。

　　青梅對馬家真是耗盡了心血，可是她做夢都不會想到，自己一手拉扯大並視如己出的馬青山會打她的主意。青梅對姐姐的兩個孩子一向都極是疼愛的，比自己生的兩個孩子還偏愛幾分。

塵世情緣

在山柱去世的第三年中秋，馬青山帶著長子馬立本與隨從，自京城回家過中秋節。青梅看到他們父子回家來，別提有多高興了，親自下廚為兒孫們準備了豐盛的晚餐。

青梅原想讓曉環、曉娟也來作陪，可馬青山說她們都有自己的家，中秋節要與家人一起團聚。

席間，馬青山拿出一壇從京城帶來的酒，恭恭敬敬地對青梅說：「媽，這是皇帝御賜的桂花酒，您喝一杯吧。」

雖然青梅從來不喝酒的，可看到青山如此孝敬，她就破一次例，端起醇香撲鼻的美酒，心裏已經醉了，她笑呵呵地說：「山娃，你也喝吧。」

馬青山謙恭地笑道：「媽，就這麼一壇御賜酒，山娃不捨得喝，我喝白酒。」他端起酒杯說：「立本過來，給奶奶敬酒。媽，我們一起祝福您長命百歲，福壽雙全。」

孫子馬立本端著酒杯，嬉笑道：「祝福奶奶永遠這麼年輕漂亮！奶奶您吃了什麼靈丹妙藥呀，長生不老呢，您看我這麼小都比您老了——奶奶乾杯……」

馬青山沉下臉，訓斥兒子：「你怎麼說話呢？三十多歲的人了，就沒個正經樣子。媽您別生氣，乾杯！」

青梅說：「我不會生氣的，孫子不管到了多大年紀，在奶奶面前都是個小孩子，大家一起來喝酒吧。」

馬青山看見青梅一仰脖子喝乾了酒，趕緊又給她的酒杯斟滿。

青梅推辭道：「山娃吶，媽是不能喝酒的，今天已破例乾了一杯，不能再喝了。」

124

　　馬青山不肯甘休，一再勸酒：「媽，就再喝一杯吧。這酒沒啥酒勁，再喝一杯……就一杯……媽！」

　　青梅覺得不好意思再掃兒子的興了，便說：「那好吧，山娃當了大官，難得回家一次，媽就再喝一杯。」

　　青梅舉起酒杯正要喝酒，突然手一抖，酒杯掉在了地上，摔了個粉碎。馬青山趕緊過去扶住了青梅，急切地問道：「媽，您這是怎麼啦？」

　　青梅沮喪地說：「唉，人老了……不中用了，喝了一杯酒，就頭腦發暈、手也不聽使喚了。山娃吶，我就不陪你們爺倆吃飯了，先去休息一下。」

　　馬青山把青梅扶進裏屋，讓她躺在炕上。青梅疲勞地閉著雙眼說：「山娃吶，你快去吃飯吧，一會兒菜都涼了。我睡一覺就沒事了。」

　　馬青山唯唯喏喏：「好……好，媽您先睡著。過一會兒，山娃來陪您嘮嗑。」

　　這馬青山哪裏知道，青梅端起第二杯酒正要喝時，隱身的土地爺在青梅耳邊說：「青梅，這杯酒有毒，你不能喝。第一杯酒我已經給你換過了，現在這杯酒沒時間換了，千萬別喝。」

　　青梅一愣，山娃為什麼要用毒酒害我？

　　容不得多想，土地爺輕輕一揚手，那酒杯摔倒了地上。

　　青梅閉著眼睛躺在炕上，正左思右想時，土地爺進得屋來。青梅迫不及待地問道：「土地公公，這到底是怎麼回事？山娃真要毒害我？」

土地爺歎了一口氣說：「昨天灶神來到我的土地廟，說馬青山給你帶的一罈酒已下了毒，讓我救你。馬青山下毒，是為了你的眼睛。因為你的眼睛是夜明珠。他在皇宮中，正與左丞相明爭暗鬥。馬青山已變質了，貪贓枉法人所共知，而左丞相是個正直的官員，幾次在皇帝面前參奏馬青山。皇帝已對馬青山起了疑心。馬青山為了不失寵於皇上，保住自己位置，就對皇帝說老家有夜明珠，要去取來獻於皇上。」

青梅半信半疑：「……？」

土地爺說：「這是千真萬確的事兒。如果你今晚中毒昏迷，馬青山必定前來下手。所以，你千萬要留神。」說罷，土地爺隱身而去。

青梅的心情有點悲涼。她躺在床上，無法入睡。

直到夜深人靜，青梅忽然聽得屋外有腳步聲。想起土地爺的話，青梅便趕緊摒神息氣，昏睡在床上。

果然是馬青山來了，他提著燈籠，走到青梅的床前，輕聲喚著：「媽、媽……您好點沒有？媽……您醒醒……」

青梅無聲無息。

馬青山悄悄地把燈籠放在一旁，從腰間拿出一把寒光閃閃的短刀，嘴裏叨咕著：「媽……您別怪我，山娃也是無奈呀。您從小就疼愛我，勝過您的親生兒女，您就再疼愛山娃一次吧。媽……山娃要您的眼睛，是要送給皇上的。宮殿上刀光劍影，殺人不見血，那左丞相老是在皇帝面前參奏我，要置我於死地。前些天我對皇上說，我們老家有兩顆夜明珠，取回來獻給皇上。那皇上龍顏大

悅，賜給兒子兩罈御酒，說等我回去後再厚賞。媽……山娃是愛您的。可是……沒有您的夜明珠，山娃輕則罷官，重則性命難保……媽，山娃還年輕，還有那麼多的榮華富貴沒有享受呢，您成全了山娃……可以和我爹、我親娘團圓了。媽……兒子不孝……」

馬青山一邊說著，一邊把刀子刺向青梅的眼睛。

青梅感覺到了刀鋒的寒氣，這寒氣一直涼透了她的心。

憤怒的青梅忽然一個滾身，鯉魚打挺站了起來，從床上跳了下來。

馬青山嚇得趕緊跪下，磕頭求饒：「媽……您饒了山娃這一回吧……媽……」

青梅渾身發抖，灰心地說：「山娃呀，媽真沒想到……你、你、你居然會這樣歹毒……，既不好好作人，又不好好為官……」

馬青山跪哭在地，然後抬頭說：「媽……官場殘酷，不是你死就是我亡。做個好官有什麼用？青海弟弟為官清廉，這麼多年了還只是個知府，他一輩子也別想做個京官……」

青梅怒髮衝冠道：「你這個畜生，品行不端，做再大的官又有什麼用？今天我……我就替天行道懲治了你……」

馬青山知道青梅的厲害，心中害怕了，他磕頭如搗蒜，哭求青梅饒命。

青梅想起了九泉之下的姐姐、山柱，還有馬大娘，心便軟了下來。她飛起一腳踢開馬青山說：「下次你再敢害人，我決不手軟。」

就這樣，青梅連夜回到了九華山繼續修煉。她對人世間沒有了一點牽掛，內心深處充滿了悲傷與憾惜。

馬青山被青梅一腳踢倒時，握在手裏的那把短刀正好刺進了他的右眼，他一聲慘叫，昏死過去。兒子馬立本與隨從們聞聲趕來，大吃一驚：只見馬青山倒在血泊中，右眼上還插了一把短刀。

眾人嚇壞了。馬立本抱著馬青山焦急地呼喚道：「爹、爹……」隨從們也喊道：「丞相大人、丞相大人……」

一干人等七手八腳地把丞相馬青山抱到床上躺平。隨從中的醫生立即給丞相療傷。拔了短刀、清洗消毒、縫合傷口……，然後用白紗布把受傷的眼睛包紮好。

馬青山雖然性命無憂，可是害人終害己，右眼睛保不住了。

甦醒過來的馬青山，疼痛得不斷呻吟著。兒子與隨從們都急切地打探，這到底是怎麼一回事？馬青山悲痛地說：「一夥歹徒受人指使，搶走了夜明珠，擄走了老人家，還扎傷了我的眼睛……天哪……我可憐的媽呀……」

兒子馬立本氣憤地說：「這幫禽獸，竟然幹出如此卑鄙的勾當。爹，我們馬上找知府通緝罪犯，把奶奶救回來吧……」

馬青山搖頭道：「已是深夜，別去打擾官府了。天色一明，我們就回京，向皇上稟報此事，皇上一定會給我們作主的，找回你奶奶與夜明珠。」

丞相馬青山一行回到京城後，路過家門而不入，直接讓隨從們抬著進見了皇上。那金鑾殿上的皇上看到馬青山頭部包紮著紗布，吃了一驚：「愛卿怎麼了？」

馬青山一見皇上，掙扎著要從擔架上起來給皇帝下跪行禮，皇上說：「愛卿有傷在身，免禮。愛卿到底是怎麼回事？」

馬青山哭喪著臉，左眼流出了淚水，說道：「皇上，您可要為臣做主啊……臣在老家，母親大人正要把夜明珠交給臣時，幾個歹徒破窗而入，搶走了夜明珠，擄走了臣的老母，還扎傷了臣的眼睛……」

皇上震怒道：「這般強賊，膽大妄為，如不剿滅，天下不得安寧！」

馬青山又道：「這幾個歹徒臨走時還揚言道，皇帝家寶貝有的是，這夜明珠就獻給我家丞相大人了。今後你若再與我家大人作對，你就等著給你母親收屍吧。臣實在掛念年邁的老母，思來想去……在朝廷中，臣與列位大人似乎……沒有什麼過節，丞相大人竟然下得了如此毒手……」

皇上狐疑不定，揮手讓馬青山回家休養：「愛卿先讓御醫好好調治一下，回去歇息吧。」

也許是沒有及時醫治傷口、又或許是惡貫滿盈，回到京城沒幾天，這馬青山就一命嗚呼了。

後來，這皇上找茬把左丞相打入了天牢，查抄了左家，可是沒有查抄到馬青山所說的夜明珠。在左丞相打入天牢的第六天夜裏，皇上夢到了母后，母后對他說：「皇兒，你冤枉了左丞相！那馬青山是多行不義必自斃，自食其果。放了左丞相吧，他是個忠臣。」

第二天早朝時，文武百官為左丞相說情。皇上想起了母后托夢，就送了個順水人情，放了左丞相，免其官職，讓他回家了。

幾百年一晃過去了。觀音菩薩點化了修煉的青梅，讓她與我、白松林一起來到石頭城，共同打理這家醫院。

五

天色已晚。胡淨與楊丹又來到「姐妹飯店」用餐。自從上次楊丹聽說了這飯店裏六姐妹的傳奇經歷後，對她們一直很敬畏。

經過胡淨的介紹，楊丹這才知道，吧臺上那個服務小姐，就是在草地上生下了小草原的周杰。給他們上菜的服務員是沒能把小草原帶出草地的小楊，楊小倩。

吃飯時，楊丹問道：「她們這六姐妹有沒有回家看過？這麼多年了，她們家中一定翻天覆地了。」

胡淨笑道：「周杰與楊小倩回家了一次，回到石頭城後，她們對外面的世界一點兒也不牽掛了，有點塵緣已了的意思。其他四個姐妹聽了她倆回家的經歷，也就打消了探家的念頭。所以現在這六姐妹在石頭城生活得十分平靜而安心。」

楊丹若有所思地說：「可我為什麼回了一次家，老是想著家裏、牽掛老人呢？唉，不知我媽病情怎麼樣了？」這麼一說，楊丹覺得身體異常疼痛。

胡淨說：「丹丹，現在你還是在替媽媽受痛，不能多想的，一想會更疼。我對你說說周杰與楊小倩回家的事兒吧，這樣可以讓你分散些精力，減少些疼痛。」其實，胡淨也與楊丹一樣，分擔著楊媽媽的疼痛。

楊丹點頭說好。

死而復生的周杰在石頭城生活了一年多以後，始終無法忘記自己的丈夫李永剛。她一心想要帶上二歲的小草原去老家尋找丈夫，企盼一家人團圓。其他姐妹勸她別去了，說歲月變遷，物是人非。然而周杰就是鐵了心，非去不可。於是，翠蓮擔負起了護送周杰母子回家探親的重任。

三人一路行來，走進了沂蒙山區的李家莊。面對既熟悉又陌生的村莊，心情複雜的周杰忐忑不安極了，連自己家的路也找不到了。正好有一個十多歲的男孩路過，周杰拉著他問道：「小朋友，李永剛家是在這兒嗎？怎麼走呢？」

那男孩抬頭說：「阿姨是找老紅軍李爺爺吧？他家在村西的最後一家，我帶你們過去。」

男孩一邊在前頭帶路，一邊對周杰她們說道：「我們最喜歡聽李爺爺講長征故事了。這一帶的小孩子都聽過李爺爺的故事。李爺爺雖然負傷殘疾了，卻特別剛強，九十多歲的老人了，耳朵不聾，眼睛不花。李奶奶也是個大好人……」

周杰聽了有些糊塗，自己的丈夫已九十多了？還有一個李奶奶？可自己才二十多歲。真是做夢一般。

這時，男孩說了聲：「到了。」他對著院子大聲喊道：「李爺爺，你家來客了。」

周杰看到院子裏那棵大棗樹，這才有了記憶。當年她與李永剛結婚時，李永剛就是從這棵棗樹上採了好多棗子讓她吃，又脆又甜。

周杰謝過那男孩，聽到院子裏傳出一個蒼老的聲音：「誰呀？進來吧。」

尋聲望去，土坯的院牆裏，三間磚瓦房，院子裏有棵茂盛的棗子樹，樹上掛滿了鮮紅飽滿的棗子。棗樹下，一個年過九旬的老人，正拿起椅子邊上的拐杖顫微微地要站起來。

周杰抱著兒子小草原，跨進院子，疑惑地問道：「你是李永剛？」

已站起身來的李永剛，看到眼前這個似曾相識的少婦，猛地一楞，然後對周杰、翠蓮說：「我是李永剛。你們快進屋吧。」

周杰、翠蓮帶著小草原隨老人進了屋。屋子裏很亮堂，靠窗是土坯炕。炕的一頭是老式的衣被櫥。靠北牆是一張沒了顏色的八仙桌。光滑的桌面上，清晰的木紋顯示著古老的歲月痕跡，四張凳子也是一樣的陳舊。

李永剛熱情地讓周杰、翠蓮坐下來，自己去泡茶。翠蓮趕緊上前對他說：「您坐著，她有事找您。我來泡茶。」

小草原見到李永剛，就一個勁地要掙脫周杰的懷抱，讓李永剛抱他。疑惑不定的周杰待到李永剛坐定，把小草原遞給了他。這小草原與李永剛天生的親近，在老人的懷裏撒著歡，還摟著老人的脖子，在那張滿是皺紋和老年斑的臉上貼著，還不時地親上幾口。

周杰打量著屋子，一回頭看到北牆上像框裏的正中央有一張發黃的照片，讓她頓時目瞪口呆。那張照片，就是她與李永剛新婚時，去縣城的照相館拍的。周杰指著照片，顫抖著聲音問道：「你就是這照片中的李永剛？」

抱著小草原的李永剛說：「是呀，那是我與前妻周杰新婚時拍的，七十多年啦……我倆新婚不久後，就一起參軍了。開始長征

後，我倆一別，就再也沒見過……當年她……她正懷著孩子……」李永剛的聲音哽咽了。

　　周杰的眼淚一下子湧了出來。翠蓮泡了茶過來，看到周杰的樣子，悄悄地踢了踢她的腳跟，周杰掩飾地轉過身去。

　　就在這時，一個中年男人陪著一個老太太進屋了。李永剛對他們說：「老伴啊，家裏來客人了。栓子，你快去買點菜回來，招待客人吃飯。」

　　周杰想，這老太太是李永剛的老伴，這栓子應該是他們的兒子了。她無法接受這樣的事實，眼淚忍不住地往下流。歲月帶走的一切，永遠不會再回來了。她日夜牽掛的丈夫李永剛已是白髮蒼蒼，有老伴有兒子，而自己才二十多歲，小草原才二歲，如果相認團聚，豈不亂了套？這家會鬧得不安生。周杰決意要隱瞞實情，便擦了淚水，接過小草原，對李永剛說道：「不用麻煩了，我們看過你了，這就回去了。」

　　李永剛搖著頭說：「不行，大老遠的趕來，總得吃了飯再走。」

　　翠蓮打圓場說：「李爺爺，她也是紅軍的後代，聽說了您與妻子的曲折經歷後，便要來看看您。」

　　李永剛老淚縱橫地說：「我與前妻周杰在長征路上一別，已七十多年了。當年她懷著孩子，爬雪山過草地不容易呀。抗戰勝利後，我在部隊上到處打聽尋找，就是沒有周杰的資訊……唉，不知她是死是活？還有那孩子是否生下來了？……周杰她……與這位姑娘太像了。第一眼看到這姑娘，我還以為老眼昏花，產生了錯覺。不信，你們看看照片對比一下……」

周杰摟緊了小草原。屋子裏的人看看周杰，又去看了照片中的周杰，都說真是太像了，幾乎一個模樣。周杰受不了了，抱著小草原奔出門外。

翠蓮與李永剛一家人一一道別，然後趕上急步而去的周杰，一起回到了石頭城。

再說楊小倩。她決意要回家看望父母雙親和自己的妹妹，也是由翠蓮護送她回去的。記憶中的家鄉已變了模樣，經過詢問路人，小倩才找到了自己的家。那對飽經風雨侵蝕的大門，讓小倩找回了一點家的感覺。

她興奮地敲開了門。一個八、九十歲的老太太從門口探出頭來，疑惑地看著小倩與翠蓮，問道：「你們……找誰？」

小倩說：「這是楊振祥家嗎？」

那老太太點頭道：「楊振祥是我的爸爸。你……認識他？」

小倩一驚。翠蓮笑道：「是呀，我們特意趕來的。」

那老太太一邊把她們迎進屋子，一邊說：「爸爸去世已二十多年了，你倆這麼年輕，怎麼會認識我爸爸呢？」

小倩腳步匆匆地往屋裏走去，心情十分激動。堂屋裏的一張老式躺椅上，有一個百歲老太躺著閉目養神。

老太太俯下身子，對百歲老太說：「媽……來了兩個小姑娘……」

百歲老太睜開眼睛，看了看面前的兩個姑娘，然後盯著小倩，緩慢地說道：「這位姑娘……與我的女兒小倩，怎麼生得一模一樣？」

　　小倩明白過來。這百歲老太就是她的母親，而開門迎接的老太太，是她的妹妹小麗。

　　小倩立即在百歲老太身邊跪下了，她哭道：「娘……娘，我……我就是小倩呀……」

　　那開門迎接的老太太打斷小倩的話，說：「你這姑娘，怎麼紅嘴白牙信口胡說？我姐姐她……當年紅軍長征時，就犧牲了。解放後，政府發了烈屬證……」她說到這，跑進裏屋，找出了一本烈屬證給小倩看。

　　小倩流淚道：「我知道……你是我妹妹小麗。」

　　老太太愣了一下：「你怎麼知道我的乳名？我是你妹妹？……」

　　這時，翠蓮笑著把小倩草地遇難、爾後死而復生的事兒，對兩個老太太詳細地說了一遍。兩個老太太不信有這等奇事，以為是這兩個年輕姑娘編了故事來騙她們的。

　　小倩撩起衣服，對百歲老太說：「媽……您看看，我這腹部的青色胎記，是不是與小麗的一樣？」

　　百歲老太這才坐起身子，仔細地端詳了一番，對那老太太說：「小麗呀，這可真怪了。莫非……莫非她真是小倩？」

　　小倩又跪了下來，哭泣道：「娘……小麗……我是小倩呀，這麼多年了……小倩我常常思念著你們……娘……」

　　小倩一番哭喊，打動了百歲老太的心。都說母女連心，這時她已確認小倩就是她離別七十多年的女兒了，老太太一把摟過小倩，三個人哭成一團。哭聲中充滿了離別情、思念苦、重逢喜……真是百感交集。

　　翠蓮站在一旁看著，也不禁雙眼濕潤了。

　　小倩終於與家人團聚了。媽媽已是一百一十歲的老人，妹妹小麗也已九十了。小麗的兒子、女兒，都六、七十歲了。就是小麗的孫子、孫女、外甥、外女，也三、四十歲左右了，比小倩的年紀還大。

　　小倩感歎時空交錯，讓人不可思議。

　　小麗一通電話，把所有家人召集過來，家裏擠滿了人。小麗給小倩一個又一個地介紹過去，小倩根本記不住這麼多人誰是誰。

　　五代同堂，熱熱鬧鬧。

　　街坊鄰居也趕來了，看到傳說中的小倩，連聲稱奇。

　　因為小倩的到來，整個縣城都轟動了。

　　小倩回家前，家裏的兒孫們正在準備她媽媽的一百一十歲壽宴。時間就定在小倩來後的第二天。小麗的小孫子燕翔三十來歲，在縣城經營了一家三星級大飯店，這壽宴就在他的飯店舉行。

　　翌晨早飯過後，媽媽讓小倩幫助自己洗了澡、又洗了頭。這老太太還穿上了早已準備好的壽衣。小麗對老太太說：「今天是您的壽宴，穿上這身衣服，不妥當吧？」

　　老太太固執己見道：「什麼妥當不妥當的，我自己心裏明白。」

　　小倩示意小麗別多說了，只要老人開心，就隨她去吧。

　　走出家門時，老太太特意交待兩個女兒道：「你倆記住了，到了酒店門口，咱們娘三個先拍一張照片，我自己單獨拍一張留念。你們姐倆重逢不容易，也合影一下。」

　　小倩與小麗都覺得媽媽今天的言行舉止有點怪怪的，對視了一眼，順從地說：「娘，您放心吧，我們記住了。」

　　酒店外面與酒店大廳裏，已擠滿了人。老太太與小倩、小麗一下車，拍照的拍照、錄影的錄影，都忙乎起來了。

　　人們看到老太太的一身衣著，還以為是拍戲呢。老太太穿的是寬大的彩緞衣褲，又披了七彩龍鳳圖案的披風，下頷處打著一個碩大的蝴蝶結，蝴蝶結的兩根飄帶垂至膝蓋。彩緞的太君帽是紫紅色的底子，上面是丹鳳朝陽的圖案，右面的帽邊上綴了一朵彩緞牡丹花，兩寸長的飄帶花葉垂至耳輪。老太太穿的那鞋兒更是特別，對臉鞋白底繡花，鞋底上還繡著牡丹花，鞋面的料子和披風是一樣的。

　　拍完了照片，大家齊往酒店大廳。老太太的披風拽地，小倩怕著地髒了，便在老太太身旁扶起披風，小麗則拿了一雙大號拖鞋套在老太太的的繡鞋上。兒孫們擁著老太太在酒店正中的位置坐下。老太太左側位置空著，餐具照樣擺齊，那是老太爺的位置。每一次聚會，老太太都會關照小輩給老伴留好位置。時間一久，兒孫們也就記在了心裏。

　　開席了。老太太今天的精神特別好，胃口也不錯。小輩們一個又一個地過來，給老太太請安、祝福。老太太滿是皺紋的臉笑成了一朵菊花。

　　老太太知道小倩愛吃魚，就把紅燒魚添在小倩的碟子中，還小心地把魚刺挑出來。小倩不好意思地說：「娘，小倩又不是小孩子了，您自己吃，別累著。」

　　老太太笑道：「在娘面前，你就是小孩子。娘就想看你吃魚的樣子，你小時候啊……特別喜歡吃魚，可你每次吃魚，非得爹娘給摘除了魚刺才吃。吃魚時，你都要仔細看看魚肉，還有沒有魚刺。

呵，你吃魚時思想很專注，又小心翼翼……那個樣子多可愛……娘總也忘不了。自從你當兵離家後，娘一看到魚就會想起你，就會情不自禁地流淚。所以啊七十多年來，你不在家的日子裏，家裏從來沒有買過魚……不信你問問小麗。」

小倩與小麗對視了一下，小麗附和道：「是呀，我一直很奇怪，爹娘為什麼不吃魚？原來是為了姐姐呀。爹娘就是偏心，疼愛姐姐……」

老太太慈祥地說：「爹娘對自己的兒女，都是疼愛的。你姐姐不在身邊，生死不明，爹娘自然會更想她了。其實是一樣疼愛的。」

聽了老太太的話，小倩既心酸又溫暖。

小倩與小麗把酒倒滿，然後一起舉杯，對老太太頌福道：「祝娘福如東海、壽比南山！」

老太太看著自己的兩個女兒，開心地笑著。

突然，老太太的笑容僵住了，身子往後倒了下去。小倩扔了酒杯，迅速扶住娘，焦急地喚道：「娘……娘……」

小輩們全都圍了過來，叫喚著老太太。

老太太已無聲息。沒有了呼吸，沒有了脈搏的跳動，雙眼瞳孔已經擴散。老太太歸西了。

酒店大廳裏一片混亂，哭聲震天。後來人們都說，這老太太都一百多歲了，興許就是等著小倩回來看上一眼，心願已了，她便滿足了。

……

　　老太太出殯那天，浩浩蕩蕩三百多人送葬。小倩姐妹倆及兒孫們跟在靈柩後面，哭得死去活來。所經之處，圍觀的人們為如此盛大的送葬隊伍而感歎不已。

　　辦理完老太太的後事，小倩姐妹倆和孩子們一起觀看老太太一百一十歲壽宴的錄影。她們驚奇地看到，老太太下車伊始，身邊就有一個影子跟隨著。雖然看不真切，但是那身影輪廓與爹的形象很吻合。老太太坐上酒席時，那影子也坐在了小輩們給老太爺留下的位置上，還看到那影子端起酒盅的樣子。老太太給那影子的酒盅倒了三次酒，還對他叨咕著什麼。當時因為酒店裏鬧闐闐的，小倩姐妹倆誰也沒有注意到這個細節。

　　在老太太讓小倩吃魚時，老太太與那影子一起看著小倩，很慈愛的樣子。小倩與小麗舉杯祝福老太太後，老太太拉起那人影的手從人們頭上飄過，飄出大門前，他們還回過頭來，微笑著、深情地回望了一眼酒店裏的小輩們，然後飄出門外，消逝而去。

　　小倩姐妹倆看完錄影，淚流滿面，泣不成聲。

　　老太太去世後，過了頭七。小倩與翠蓮便欲告別妹妹回石頭城了。妹妹小麗一再挽留小倩再住一晚。小麗動情地說：「咱們姐妹此次一別，他日也許就不會再見了。姐呀……就明天走吧。」

　　小倩也非常留戀妹妹，當晚就與妹妹睡在一張床上。姐妹倆有說不完的話，幾乎一夜未睡。

　　不料第二天早上，小倩被小麗的孫媳婦劉燕、孫女婿林江纏住了。

　　劉燕辦了一家化妝品廠，林江是一家保健品公司的老總。他們一先一後不約而同過來，就是想讓小倩拍一則廣告。

　　劉燕的廣告文案是，讓小倩與小麗合拍廣告，作一個對比效果。突出的主題便是小倩使用了劉燕廠裏的化妝品後，永葆了青春。九十來歲的老太太了，還像個二十多歲的小姑娘。

　　林江的宣傳策劃是，他們公司生產了一種林家祖傳祕方的保健品，讓小倩拿著保健品的盒子，對著鏡頭說兩句臺詞：喝了林家保健品，讓人長生不老。

　　小倩毫不猶豫地回絕了。

　　劉燕拉著小倩的手撒嬌道：「姨奶奶，您就幫孫媳一把，我給您最高的廣告費，利潤分成也可以的，只要您答應做廣告……」

　　林江也懇切地說：「姨奶奶，您是我們的長輩，如果我們的公司在競爭中被淘汰，您也心疼吧？」

　　小倩正色道：「這不是錢的問題。我沒有用過你們的化妝品，也沒有喝過你們的保健品，怎麼能瞎做廣告騙人呢？何況，我是觀音菩薩救命，死而復生。所謂年輕，也是菩薩造化。」

　　林江說：「我們把公司做好了，發了財，讓全家人生活得更好些，老太爺、老太太他們在九泉之下也會安心的。」

　　劉燕也說：「就是呀，姨奶奶。您看咱奶奶、咱爹咱娘年紀都大了，我還準備買幢別墅給他們住，請個保姆，讓他們好好養老。」

　　小倩語重心長地說：「你們的孝心我明白。只要你們保質保量、誠信經營，一定能使公司發展壯大的。」

　　劉燕、林江還是纏住小倩。奶奶小麗生氣了，對他倆怒道：「你們也太不懂事了，姨奶奶說得這麼明白，你們還是這樣死纏爛打，這是幹嗎呢？」

　　劉燕、林江說：「奶奶，咱們不也是為了這個家嘛……」

　　小麗高聲說道：「你爹你娘有退休工資，我已老啦，活不了幾年了，不用你們多操心。你們給我出去，姨奶奶誰的廣告也不做。」

　　看到奶奶發了火，劉燕、林江無話可說了，只好訕訕地退出了屋子。

　　屋子裏平靜下來。小麗滿懷歉意地對小倩說：「姐，都怪我不好，留你多住一晚……這兩個小傢伙真不懂事……」

　　小倩笑道：「沒什麼的，他們也是為企業發展著想，才來找我的，可我真的不能做這種廣告。否則，菩薩饒不了我。」

　　小麗說：「姐，我知道。咱們不能靠歪門邪道做生意，更不能投機取巧做人。」

　　小倩感動地擁著妹妹，流下淚來。

　　小倩對小麗說：「妹妹，姐真的要回去了。你要好好保重自己……」

　　小麗說：「姐……雖然我不捨得你離開，可這裏並不是你久留之地。這是咱們的照片和錄影帶，姐你拿去做個紀念吧……」小麗說不下去了，淚流滿面，順著皺紋淌下來。

　　姐妹倆抱頭痛哭，不忍分別。

始終陪伴著小倩的翠蓮，這時對小麗說：「你不要太難過。天下沒有不散的筵席。你兒孫滿堂，可以享受天倫之樂了。好好安享晚年吧。」

小麗泣道：「我姐在那邊生活，拜託你們大家照顧了……」

翠蓮說：「你放心吧，各自珍重！」

說罷，翠蓮拉了一把小倩。待小麗回過神來，小倩與翠蓮不見了。

六

楊丹感歎道：「小倩與母親一朝團聚，便成永訣。人的命運真教人嘆惜。那劉燕、林江也真是的，怎麼能讓小倩做這種騙人的勾當呢？」

胡淨說：「小倩能與百歲老母見上一面，也算是造化了。劉燕、林江所為，在人間再平常不過了。」

胡淨把楊丹送回了家，待楊丹躺下，正要離去時，楊丹渾身疼痛得受不了，不由自主地呻吟了一下。

胡淨立即返過身來，把楊丹抱住：「丹丹，是不是又痛得難受？」

楊丹點點頭，額頭上滲出汗珠來。楊丹知道胡淨一定也是疼痛，只是忍受著不說而已。

胡淨讓楊丹靠在胸前，攥住她的手說：「丹丹，你要是疼得受不了，就喊出來，不要忍著。你靠著我，好好休息。」

　　楊丹感動地說：「胡淨，我為媽分擔痛苦，媽會輕鬆多了。而你，才是真受苦了。讓我不知怎麼謝你才好……」

　　胡淨俯在她耳邊，柔聲說道：「傻丫頭，我們要有難同當，有福共享。」

　　楊丹聽了，臉頰一熱。在胡淨寬大的懷抱中，楊丹安心地進入了睡夢中。

　　在胡淨的精心照料下，楊丹的身體很快恢復了過來，疼痛症狀也在逐漸地減輕。忽然有一天早上，楊丹起床後，感覺不到身體的疼痛了，人也精神了許多。她高興地走出房門，看到胡淨正在廚房裏準備早餐，笑道：「胡淨你這麼早就來了呵……

　　胡淨看到楊丹面色紅潤，神情輕鬆，便問：「丹丹你身上沒疼痛了嗎？」

　　楊丹歡快地說：「是呀，人很舒服。你呢？」

　　胡淨點頭道：「我也一樣。」

　　楊丹突然想起了媽媽，她驚慌道：「不好！是不是我媽的病情加重了？她會不會疼痛得受不了？」

　　看到楊丹焦慮的神情，胡淨走過來安慰道：「丹丹別急，我查詢一下……」他一邊說，一邊來到客廳，點上三支清香，然後盤坐閉目、雙手合十。

　　大約有一炷香的時間，胡淨睜開眼睛，對楊丹笑道：「沒事兒。我剛才去找了閻君。是閻君念你一片孝心，而且在代母受痛的情況下，還兩次為病人輸血，為了挽救別人的生命，寧願成倍地增加自己的疼痛。閻君感念於你的善舉，就免除了你的疼痛。」

「真的呀？謝謝你胡淨。」楊丹驚喜地跳了起來，然後緊緊地握住胡淨的手。

胡淨順勢拉近楊丹，擁抱著說：「是呀，善有善報，好心人終有好結果。」

楊丹很想就這樣依偎著，可是她竟害羞地輕推開胡淨說：「好多天沒有見到媽媽了，我真想立刻去看看她。」

胡淨說：「再過兩天，你身體再恢復些，我就陪你去看望老人家。」

晚上，楊丹打開電腦，在電子郵箱中，讀到了胡淨發來的一首〈滿江紅〉：

> 長夜難眠，星點點、寂廖為誰。鐘聲急，針移午夜，復輪迴。轉轉雖在框裏，聲聲卻在屋旋迴。也不知、催燥他人心，無法睡。靜而嘈，時刻催；月朦朧，連理醉。命運卻賦予，相思滋味。奈我一場紅塵夢，何時同鸞鴛鴦偎。然此刻，怎能不心急，心儀人。

楊丹細細體味，不覺心跳加快，臉頰發熱，甜蜜的感覺油然而生。自從來到石頭城，她與胡淨相識以來，善解人意的胡淨對她悉心照顧，知冷知熱，楊丹的心中何嘗不明白？有緣相逢，知己難得。

這麼想著，楊丹給胡淨發回了一首詩：

> 此劫似覺心已靜，此刻心亂凝銀屏。
> 高山流水千古傳，再續伯牙子期情。

第五章　穿越塵世

一扇朱門，入夢境、親人相逢。休怪言、此刻心情，百分明
澄。眼前閃爍故鄉事，千頭萬緒亂騰騰。常輾轉，夢中入現
實，懵懵行。不經意，萬事明。

一

楊江淘在夢幻室裏，感覺到一陣眩暈，猶如騰雲駕霧一般，再
睜開眼時，發現自己已經來到了家門前。他的黑色轎車還是停在樓
下的草坪邊。面對久違了的家，楊江淘覺得無比親切。

他迫不及待地打開家門，只見屋子裏已經有一層薄薄的灰塵
了。玲玲與樂樂呢？難道沒有住在家裏嗎？人去樓空、物是人非，
楊江淘忽然有點傷感。眼前浮現出樂樂的身影，耳畔繚繞著樂樂的
叫喚：「爸爸……」

在石頭城的日子裏，楊江淘最放不下的是樂樂與玲玲。玲玲的
背叛，曾經讓他痛不欲生。樂樂不是自己親生的兒子，也讓他傷心
不已。

然而，隨著時間的推移，這一切漸漸地淡化了。畢竟，自己
與玲玲曾是那麼的朝思暮想、纏綿恩愛。畢竟，樂樂是無辜的，而

且他那麼可愛，對自己又那麼親近。畢竟，這三口之家曾是多麼的快樂、幸福。所以，他在心裏已經原諒了玲玲。誰都有走錯路的時候。為什麼不能原諒曾經那麼珍愛的妻子？為什麼不能再接受她一起開始新的生活？

尤其是樂樂，自從玲玲孕育樂樂時起，自己就把滿腔的父愛全部傾注給了母體中的胎兒。樂樂一出生，自己就珍愛至極，如生命般地呵護著他。成長中的樂樂，他的每一個笑容給自己帶來的快樂無與倫比，而他的每一次哭聲都會讓自己牽扯在心頭。當樂樂稚嫩而模糊的叫出第一聲「爸爸」時，自己感覺到是世界上最幸福的人。五年多了，近兩千個日日夜夜，樂樂如同小精靈般，給自己帶來了多少歡快和幸福。現在回想起來，依然歷歷在目，真切而清晰。

想起以前，每當楊江淘一回家，樂樂就會張著小手撲向他，奶聲奶氣地嚷道：「爸爸抱……」，楊江淘便一把抱起兒子，舉在頭頂，家裏溢滿了父子倆的笑聲。

而現在，家裏寂靜無聲，冷冷清清。

楊江淘呆呆地站了一會，百感交集地轉身走出家門，把門關上，敲開了對面父母住的房門。

父母正準備吃中飯，一見到兒子回來了，喜出望外地說：「淘兒回來了。——不是說要十天半月嗎？怎麼不到一周就回來了？看來事情辦得很順利……快坐下吃飯吧。」

楊江淘聽了有些納悶，自己明明離開家已經一個多月了，父母為什麼說不到一周？果真如胡淨、白松林所說的，夢境裏的一切與

現實中是有差異的。他便順口附和父母道：「出門一日難，在家千日好。還是回家好呵……爸、媽身體都好吧？」

三人一邊寒暄著，一邊坐下吃飯。

媽媽對兒子嘀咕道：「也不知你與玲玲怎麼回事，玲玲娘倆從外婆家回來，就搬出去住了，家裏也不回了。我和你爸連你的房間也不敢進去，就想等你回來再說。我們想孫子的時候，就到幼稚園去看看他……」

看來，父母還不知道楊江淘所發生的一切變故。這樣也好，省得老人擔心了。有些話還是少說為好。楊江淘笑道：「媽，沒事兒的……」

吃完飯，楊江淘心不在焉地陪兩個老人說了一會話，想起白松林說的探家時辰已到，便急忙告辭，一忽悠回到了石頭城。

楊江淘第二天再來時，已是午後。他直接去了樂樂的幼稚園。

因為是幼稚園午休時間，傳達室的老頭不讓楊江淘進去。楊江淘掏出煙，陪著笑臉，好說歹說，那老頭才把他放了進來。

值班的阿姨一看到楊江淘，就迎上來問道：「楊總，你來找樂樂嗎？是不是有事兒？」

楊江淘點點頭。

值班阿姨說：「楊總來得正好。樂樂從外婆家回來這一周，我們發現這孩子的性格好像變了，少言寡語的，好像有什麼心事。每天午睡，他似乎不想睡。剛才他呆坐在床，我進去查看，他躺下了，可是在抹著眼淚。以前樂樂真是好可愛，聰明活潑，我們都喜歡他。」

　　楊江淘聽了很難受，便對值班阿姨說：「都怪我……所以我抽出時間來看看他。你能否把他帶過來？」

　　值班阿姨說：「好的，楊總。你在這兒等一會，我就把樂樂帶來。」

　　當楊江淘看到樂樂出現在門口時，一個箭步衝過去，摟住了樂樂。樂樂看到了爸爸，撲在他懷裏，流著眼淚喊道：「爸爸……」

　　楊江淘哽咽道：「樂樂……爸爸來看你……」

　　值班阿姨看到這個情景，有點不解了，這父子倆有多久沒見似的，久別重逢？這是怎麼回事？

　　樂樂緊緊摟住爸爸的脖子說：「爸爸……我好想你。我在外婆家天天想你，爸爸怎麼不給我打電話？樂樂打電話給爸爸……爸爸你也不接。那天，媽媽帶我去住賓館了，是不是爸爸不要樂樂、不要媽媽了？爸爸……樂樂好想爸爸……」

　　楊江淘含淚道：「樂樂……好兒子，爸爸這段時間在外地出差……真的好忙，爸爸也想樂樂呢……」

　　父子倆親熱地摟在一起，說了好一會話。直到樂樂要上課了，父子倆才依依不捨地分別。樂樂拉緊爸爸的手說：「爸爸，放學時記得要來接樂樂回家……我想家……想爺爺奶奶……」

　　「好。爸爸一定會來接樂樂的。」楊江淘說著，給樂樂拭去淚水，忽然想起今天是樂樂的生日，他便又說：「爸爸還要去給樂樂訂個生日蛋糕，給樂樂過生日。」樂樂破涕為笑。楊江淘把他送進了教室。

　　楊江淘離開幼稚園，回家對父母說了一聲，就發動了汽車，他要去公司看看。一個多月沒去公司了，不知怎麼樣了？到了公司大門口，門衛看到老總回來了，一按電鈕，自動門緩緩打開。楊江淘在辦公樓前把車停好，下車上樓。他覺得離開這麼多的日子，一切都沒有什麼變化。遇到的職員，一看到他，與以前一樣隨便打著招呼，照舊忙碌著手頭的工作。

　　走到自己的辦公室前，祕書小張從祕書室迎出來，說道：「楊總，你提前回來了？」

　　提前回來？楊江淘昨天也聽到父母這麼說，這倒底是怎麼回事？他含糊地應道：「事情都辦好了，就趕回來了。」

　　他掏出鑰匙正要開門，只見玲玲開門出來，她有些尷尬地說：「你……這麼快就回來了？」

　　楊江淘聽了一愣，真是納悶極了。難道這裏面還有隱情？夢境與現實果真不一樣。

　　待楊江淘走進辦公室，在辦公桌前坐下，玲玲給他泡了一杯茶。

　　玲玲囁嚅道：「江淘……你回來了就好，我就走了。」

　　「走了？」楊江淘還沒有回過神，對著玲玲玲茫然說道：「你……要到哪裏去？」

　　玲玲黯然說道：「江淘……，那天早晨起來，你不見了，手機也打不通……我知道你不想見我了，就帶著樂樂回娘家去住了一陣子。一周前接到你電話，你說要去外地出差很長時間，讓我回來幫助料理公司，我就帶樂樂回來了。因為……因為我覺得沒臉見你和

兩個老人，就直接住進了賓館⋯⋯昨天，我租好了一套房子，準備今天下班後搬過去⋯⋯」

楊江淘聽得糊塗，他一周前在石頭城，怎麼會給玲玲打過電話？他頓了一頓，順著玲玲的話說：「玲玲，這又何必呢？我剛才去看過樂樂了，他很想家、想我、想爺爺奶奶，性情都有點變孤僻了。為了樂樂，你也要回家。⋯⋯玲玲，那事兒已經過去了，我想通了，你帶樂樂回家吧！」

玲玲一愣：「江淘⋯⋯你，原諒我了？」

楊江淘說：「人都有犯糊塗的時候，過去的事，就讓它過去吧。玲玲，我的內心深處，真的放不下你和樂樂⋯⋯」

玲玲流下淚來，哭道：「江淘⋯⋯，你不知道，這些日子以來，我好悔恨⋯⋯連死的心都有了，只是想著樂樂，才⋯⋯」

楊江淘心中一陣難受，他站起來，走到玲玲身邊，默默地替她擦去淚水，說道：「玲玲，百年修得同船渡，千年修得共枕眠。我們要相互珍惜這緣份。有些事兒，一時半會也說不清。你先回家收拾一下，放學時我去接樂樂。今天是樂樂的生日，蛋糕我已訂好，爸爸媽媽在準備晚餐了，咱們一起吃飯。」

楊江淘的一番話，讓玲玲塊壘頓消，她感激地點點頭。

玲玲到賓館取回了行李，回到離開了一個多月的家。當她看到家中處處灰塵，特別是那一封她離家前寫給楊江淘的信，還是這樣放在餐桌，根本沒有被打開過，心底不禁一涼。她想，這一個月，楊江淘也沒有回家住過，他到底是住在哪兒？她覺得，丈夫並沒有真正地原諒自己。這個家已是名存實亡，失去的永遠也不會再回來了。

玲玲傷心地倒在沙發上哭了一會。哭過之後，她起身打掃衛生。為了樂樂，她只好先忍受著。

直到傍晚，楊江淘帶了樂樂回家，在父母那兒一起吃飯，大家都十分高興，只有玲玲滿懷心事，表面上若無其事，心中卻在痛苦地煎熬。一家五口人一起聚了餐，吃了樂樂的生日蛋糕，爺爺奶奶還給了孫子紅包，樂樂真是樂開了懷。

晚上。楊江淘累了一天，躺在床上小憩。玲玲進房來說：「江淘，我去隔壁房裏陪樂樂睡覺。」

楊江淘說：「把樂樂送到媽媽那兒睡吧，樂樂已習慣了。」

玲玲幽怨地說：「江淘，我們分開這麼久，真有點生分了。」

楊江淘「哦」了一聲，沒加細究，迷迷糊糊地睡著了。

玲玲的心裏越發狐疑。楊江淘真的對她沒有寬宥。她摟著樂樂躺在床上，左思右想，不能入睡。

想起一個月前，當她把實情告訴楊江淘後，第二天醒來不見了楊江淘，她情知不好，把樂樂送到幼稚園後來到公司，也不見楊江淘的影蹤，撥打他的手機，對方已關機。她自責、痛苦、害怕……，真是百般滋味，無以解脫。茫然地走出公司大門時，門衛看她神情有異，便問道：「孫總，剛才楊總與一個客戶出門了，您這是要上哪兒去？」

聽到門衛這樣說，玲玲灰心地想，楊江淘是在有意回避她了。一切都是她的錯。她心頭荒涼極了，只想去死。她到了護城河邊，欲跳河自盡。忽然想到了樂樂——如果她這一死，樂樂可怎麼辦？楊江淘已知道樂樂不是自己的親生兒子，那個范江月也不會認這個

兒子的，那樂樂這個私生子豈不是要遭罪了？今後他該怎麼生活下去？玲玲痛哭一場，把樂樂接出幼稚園，請了一個月假，然後回家對公公婆婆說帶樂樂去娘家住一個月再回來，兩個老人看到她的神色，覺得有異，兒子也不見，只以為是小夫妻倆拌嘴吵架，過一陣子就會好了。

　　玲玲帶著樂樂在娘家，日夜牽掛著楊江淘，樂樂對爸爸也日思夜想。娘倆撥打他的手機，不是關機就是不接。玲玲好幾次打到公司辦公室問祕書小張，也真是不巧，楊江淘不是在陪客戶、就是去出差了。看樣子，楊江淘始終在公司工作，這讓玲玲有點放心下來。但是，楊江淘對她母子倆不理不睬，讓她傷心不已。直到一周前，楊江淘居然給她打來了電話，告訴她，他要出一次遠門，讓她帶樂樂回家，料理公司。楊江淘的語氣有點公事公辦的意思，既不熱情也不冷漠，玲玲聽到後，驚喜之餘又覺鬱悶。她心中很矛盾，想了一天一夜，帶著樂樂回來了。玲玲的內心深處，始終覺得愧疚不安，從娘家回來先住進了賓館。然後，想租個房子，與楊江淘分居一段時間再說。

　　楊江淘今天在公司說的那一番話，讓玲玲覺得丈夫還是愛著她與兒子的。然而，玲玲回家看到的這一切，又覺得丈夫是在演戲。

　　玲玲唉聲歎氣，一夜無眠。

　　睡夢中的楊江淘看到翠蓮來了。翠蓮對他說：「因為你自我控制力強，所以你暫時可以不用回到石頭城。特別是這兒有你的家庭與事業，你難以割捨，但是你要勇敢面對這一切，承擔起所有的責任，無論怎樣都不能走上輕生之路。」

翠蓮告訴他，那天楊江淘臥軌輕生，得南山仙子相救。翠蓮得知消息後，化身楊江淘，接管他公司裏的相關事宜。由於她對玲玲的所作所為極是惱恨，故意對玲玲不加理睬，刻意回避她，讓玲玲自我譴責並醒悟。玲玲一氣之下，帶著樂樂回娘家了。翠蓮化身的楊江淘時常抽空去看望兩個老人，並對他們說，這段時間工作繁忙，不能經常回家了。楊江淘在石頭城接受救治後，很快恢復了身體，並向胡淨、白松林他們提出要求，通過夢幻室回家看看。翠蓮化身的楊江淘這才打電話給玲玲說因要去外地出差，讓她回來料理公司，為楊江淘回家做好了鋪墊。所以，玲玲、楊江淘父母、公司裏的人都知道楊江淘去外地出差了，要十天半月才回來。

「原來是這樣！」楊江淘恍然大悟地醒來，翠蓮不見了。

楊江淘躺在床上，如真似幻地回想著翠蓮在夢中對他的交代，輾轉難眠。他明白了自己該怎麼做了。

二

樂樂的生父范江月，自從得知樂樂是自己親生的兒子，既高興又無奈。當他得知，因為他與玲玲偷情生下了樂樂，楊江淘冷落了玲玲與樂樂時，心中十分難受。玲玲帶著樂樂回娘家後，范江月也趕回了家鄉，但是玲玲拒絕見他，也不讓他看樂樂。范江月一次又一次地撥打玲玲的手機，玲玲毫不理會。有一次，電話終於接通了。玲玲在電話中聲嘶力竭地哭喊道：「范江月，你已經把我家搞得四分五裂了，還想怎麼樣？難道你要逼死我才死心嗎？……」說

罷狠狠地關了機。范江月聽到玲玲決絕的話，這才明白自己對玲玲的傷害有多深了。他怏怏不快地離開了家鄉回來了。

沒過多久，范江月聽說玲玲帶著樂樂也回來了，可是住進了賓館。有一天早晨，范江月守在賓館門口。玲玲送樂樂去幼稚園，出了賓館大門，看到范江月迎上來，牽著樂樂的手冷若冰霜地擦身而過。懂事的樂樂回過頭來叫了他一聲「叔叔」。范江月的心被刺得好痛，呆呆地看看玲玲與樂樂快步遠去。

這一天，范江月想起了樂樂的生日，便去購物中心買了好多玩具與零食，到了樂樂的幼稚園門口，準備在玲玲來接樂樂時，作為生日禮物給樂樂。就在快放學時，范江月突然看到楊江淘駕車而來，連忙躲到一旁的雜貨店，用眼角的餘光看著楊江淘。幼稚園放學了，孩子們湧了出來。只見樂樂歡快地撲向楊江淘，楊江淘親熱地抱起樂樂，上了車，絕塵而去。范江月看得呆了。

范江月黯然失色地獨自回了家。妻子謝曉芬在深圳上班。八歲的女兒范舒梅已經在讀小學了，是由外婆外公照管著。所以，日常就范江月一人在家。

范江月倒在沙發上，長歎短吁。直到天黑，他打電話給了餐館，讓他們送來酒菜與蛋糕。他要給樂樂過生日，表達對兒子的思念之情。

范江月在餐桌上擺了三套餐具。在他與玲玲的酒杯中，范江月斟滿了紅酒，又給樂樂的酒杯中倒上了可樂。他一個人舉起兩杯紅酒，與那杯可樂碰了一下，笑容可掬地說道：「樂樂，爸爸媽媽祝你生日快樂！」說罷把兩杯紅酒一飲而盡。然後，他又把那杯可樂舉起

來，學著孩子的口氣說：「謝謝爸爸媽媽，樂樂好開心……」，一仰頭把可樂喝了。就這樣，范江月一邊喝酒、一邊叨咕。

喝到半醉時，范江月把那盒蛋糕打開，放到桌上，點燃了五支蠟燭，然後一個人唱著：「祝你生日快樂……」，自斟自飲、叨叨咕咕，醉倒在椅子上。

無巧不成書。謝曉芬事先沒有告知范江月，突然從深圳回家來。當她一走進家裏，首先聞到一股酒氣，屋裏沒有開燈，餐桌上的蛋糕蠟燭猶在燃燒，范江月喝得酩酊大醉地癱坐在椅子上。謝曉芬看到三套餐具，以為另外兩套是她與女兒的，可想不起來今天是誰的生日。丈夫一個人在家，也是夠寂寞了，可能是借酒消愁吧。

這麼一想，謝曉芬心生感動。她上前攙扶起范江月，柔聲喚道：「江月，我回來了……上床休息吧。」

喝得迷糊中的范江月，正夢到玲玲帶著樂樂走來，聽到謝曉芬的聲音，他激動地嚷道：「玲玲、樂樂……兒子，過來……讓爸爸抱抱……」他把謝曉芬緊緊地摟住了。

謝曉芬聽了，甚是詫異。也許是丈夫醉酒說胡話了吧？可是，那玲玲、樂樂是誰呢？她一邊把范江月扶到床上躺下，一邊說：「江月，你躺好，我去倒水給你擦臉……」

誰知這范江月拉著她的手不放，閉著醉眼，動情地說道：「玲玲……你不要走。我好想你。今天是……樂樂的生日，我……置了酒菜，還有蛋糕……我想你，想兒子……可是，自己的兒子不能相認，我怕……我老婆、你丈夫，他們知道了怎麼辦……我只好忍著……玲玲……」

范江月說著說著就睡過去了。

謝曉芬完全聽明白了。自己的丈夫原來有了一個野女人，而且還生下了一個野種。她氣憤得渾身顫抖。那玲玲到底是誰呢？謝曉芬不會輕易放過，一定要報復。

范江月第二天醒來，看到妻子謝曉芬，驚奇地說：「你什麼時候回來的？」

謝曉芬不露聲色地說：「深圳的生意，我弟弟在照料。特地回家來看你，你醉得一塌糊塗。」

范江月忽地想起昨夜的事，起床看到餐廳裏一片狼藉，趕緊收拾起來，謝曉芬也跟了出來，一起幫助收拾，居然也沒問什麼，這讓范江月稍微鬆了口氣。他哪裏知道，他酒後吐的真言，已讓妻子記在了心裏。

謝曉芬暗地裏托人打探，很快便得知，范江月所說的玲玲，是楊江淘老闆的妻子，他們有一個兒子是叫樂樂，已五歲了，在讀幼稚園。知道這個情況後，謝曉芬在幼稚園門口跟蹤過那個叫樂樂的孩子，基本都是楊江淘接送的，她只看到一次是玲玲來接過樂樂的。

謝曉芬經過再次打聽，知道玲玲與范江月是同一個家鄉的高中同學。於是她覺得范江月與玲玲偷情生下兒子是絕對有可能的。有一次她與丈夫聊天時，故意說起楊江淘老闆的妻子玲玲與范江月是同鄉時，范江月立刻不自然地搖手道：「這兒還有我的老鄉？我怎麼不認識？」謝曉芬聽了，暗暗冷笑了一下。

當謝曉芬得知樂樂曾經住院手術後，終於在醫院裏找到樂樂就是私生的證據。謝曉芬徹底搞清楚了，她決意要報復，為范家永絕

無窮的後患。因為在她的意識中，玲玲與范江月偷情生下兒子，為的就是范家的財產。

一天，范江月出差去了，大約一個禮拜回來。謝曉芬把公司唯一的客貨兩用車司機劉三毛請到了一家大酒店的包廂裏。受寵若驚的劉三毛有點納悶，老闆娘怎麼會請他吃飯呢？席間，謝曉芬一邊勸酒勸菜，一邊歎道：「劉師傅啊……咱范家有難事了……」

劉三毛吃驚道：「什麼難事？」

謝曉芬流下淚來，把范江月與玲玲偷情、生了一個野種的事兒聲淚俱下地講述了一遍。劉三毛聽得目瞪口呆。

末了，謝曉芬含淚道：「劉師傅，你能不能幫我一個忙？」

劉三毛問道：「只要用得著我老劉，老闆娘你說吧。」

謝曉芬狠下心來，說道：「我要你故意製造一起車禍，把那個野種送上西天。」

劉三毛真正嚇壞了，把頭搖得撥浪鼓似的，顫抖著聲音說：「這……這……老闆娘……這可使不得呀……」

謝曉芬眼露凶光，威逼利誘道：「劉師傅，你是駕駛員，出一個事故很正常的事，沒有什麼風險的。只要你幫這個忙，無論是殘是死，我給你三十萬元。」

劉三毛依然害怕地搖手道：「老闆娘……你、你……找另外人吧……」

謝曉芬從包裏掏出一包捆紮好的錢，放到劉三毛面前，口氣很硬地說：「劉師傅，這是定金十萬。此事只有天知地知、你知我知。」

劉三毛看著眼前的十萬元錢，猶豫不決。

　　謝曉芬又說：「劉師傅，這是一個不該來到人間、更不該活著的孽種。此事辦妥，你就是我們自家人了，我不會虧待你的。放心吧！」

　　劉三毛思前想後，遲疑了好久，終於經受不住金錢的誘惑，點頭答應了。

　　謝曉芬把偷拍的樂樂照片交給了劉三毛，還把樂樂的住址、所在的幼稚園、每天的上學、放學時間和所走的路線都一清二楚地告訴了劉三毛。她要劉三毛把這些情況儘快熟悉，伺機行事。

　　一連三天，劉三毛偷偷地跟蹤了樂樂，基本上熟悉了情況，只是始終找不到下手的機會。每天晚上，謝曉芬都會準時來電話，詢問進展情況，並不斷催促他儘快做成這事兒。劉三毛日夜處在緊張不安的焦慮狀態中。

　　機會終於來了。第五天傍晚，劉三毛駕駛著車子，看到楊江淘牽著樂樂的手走在人行道上，他便駕駛著車子緩緩地跟著他們。

　　楊江淘是帶著樂樂去對面的兒童玩具商場買玩具。因為那商場門口不能停車，所以父子倆步行著往商場走去。

　　穿過斑馬線，對面就是那家兒童玩具商場了。正在斑馬線行走著，楊江淘忽然聽得有人尖叫起來，猛一回頭——只見一輛車子正向自己與樂樂撞來——他不加思索地一把拎起樂樂甩到一邊，自己卻來不及躲閃了，被撞了出去。那汽車欲揚長而去，邊上的人們都圍了上來。

　　樂樂冷不防被爸爸拎起來甩在了店鋪門口，他從地上爬起來，嚇得哇哇大哭。當他看到爸爸倒在了地上，而且流了好多血，便跑過去搖晃著昏迷的爸爸，哭著、叫著。

　　人們紛紛譴責司機開車沒長眼睛。驚慌的劉三毛藉口車子失靈，對眾人搪塞著。交警迅速趕到，救護車隨之而來。

　　司機劉三毛被帶到了交警隊。而楊江淘與樂樂則被送進了醫院。玲玲與楊江淘的父母得知消息後，十萬火急地趕到了醫院。經過醫生的檢查，楊江淘腦震盪昏迷，左腿有兩處骨折。樂樂一點傷也沒有，只是受了點驚嚇。真是不幸中的大幸。

　　當天晚上，病床上的楊江淘被胡淨他們帶回了石頭城治療。

　　劉三毛在交警隊接受調查，他堅持說當時方向盤失控，操作時手忙腳亂，就撞了過去。確實也沒有證據證明這劉三毛是蓄謀殺人，所以警察在做好筆錄之後，把他放了。

　　劉三毛驚惶失措地來到謝曉芬面前。謝曉芬聽了，惱怒不已。她在心中暗暗地把劉三毛罵了個狗血噴頭，表面上只好安慰劉三毛，讓他對此事務必保密，不得洩露，否則都逃不脫牢獄之災。劉三毛點頭稱是，謝曉芬遵守承諾，要把另外的二十萬元錢給他，劉三毛說打死也不敢要了，只求平安無事。

　　謝曉芬窩了一肚子火，無處可洩，又氣又急。這天晚上，病得頭暈眼花。一早起來，她有氣無力地駕車去了醫院。

　　真是選日不如撞日。在離醫院大門還有兩百多米的時候，突然看到玲玲帶著樂樂從醫院裏走出來。玲玲送樂樂去幼稚園前，特地帶他來看望爸爸。可是病床上不見了楊江淘，醫生、護士都說不出個所以然，都在尋找楊江淘。玲玲看看時間差不多了，就急著先把樂樂送到幼稚園再說，這樣就遇上了滿懷報復之心的謝曉芬。

一見到這母子倆，謝曉芬的眼睛都紅了，她毫不猶豫地加大油門，迎面撞去。

千鈞一髮之際，玲玲看到車子飛撞過來，躲閃已來不及了，她一把推開了樂樂，眼前一黑——。

謝曉芬的轎車一下子把玲玲撞倒了，車輪從她的身上壓過。急駛而去的車子已煞不住了，砰地一聲撞在了醫院的大門上。謝曉芬躲避不及，頭部重重地撞在了車門上，鮮血從她的腦殼上流了下來。

猝不及防的生死轉念間，釀成了後悔莫及的生命悲劇。

三

玲玲的內臟全部被汽車碾碎，而謝曉芬後腦骨撞碎致使大腦嚴重損傷，醫生經過會診搶救，已回天無術了。

專家會診時，有一個海歸派的醫學博士提出了一個異想天開的方案，如果把玲玲的大腦移植到謝曉芬的頭顱，就可以使兩個人的生命合二為一，繼續生存下去。只不過，身體是謝曉芬的，而思想是玲玲的。

玲玲與謝曉芬的家屬都趕到了醫院，一個個都痛不欲生。楊江淘的父母看到媳婦死於非命，兒子又失蹤了，當即六神無主地暈了過去。那范江月急如星火地趕到一看，立刻明白了是怎麼一回事，他後悔得以頭撞牆，死去活來。

院方把悲痛欲絕的雙方家屬召集一起，把玲玲與謝曉芬的傷情作了通報，她們倆人事實上已經死亡了。院方還把醫學博士提出的方案對大家說了一下，雙方家屬經過商討，覺得能夠讓她們合二

為一，使生命能夠繼續延續下去，至少還能有一個念想。院方說，這個方案不能保證一定成功。雙方家屬一致意見是，就算是醫學實驗，也要試一下，說不定就救活了。

醫院在雙方家屬簽字後，立即組織手術工作。經血型化驗，玲玲與謝曉芬完全配對。她們被同時推進了手術室。

涉及到相關學科的省內外最著名的醫學專家迅捷地趕到了手術室。如果這項手術成功的話，那就是創造了一個醫學奇蹟。

雙方家屬無從知曉手術進展情況，只有焦急地等待著。

十二個小時後，有護士出來對他們說，手術已結束，一切很順利，玲玲完好無損的大腦已移植給了謝曉芬。病人已進入重症監護室。

第二天，雙方家屬被告知，病人生命特徵明顯。

第三天，病人開始甦醒。沒有發熱、感染現象。

第四天，病人正常呼吸，有知覺。

第五天，病人輸液，心律正常。

第六天，病人沒有發現排異現象。

第七天，病人脫離危險期。

……

從醫生、護士的告知中，雙方家屬得知，大腦移植後的病人一天天地在恢復中。

關注這個特殊病人的，不僅僅是雙方家屬，還有醫學專家、各級領導、各地媒體，同時更成為了這個小縣城裏人們津津樂道的話題。

四

這個身體是謝曉芬的、而思想是玲玲的女人，醒過來之後的第一件事兒，就是要見樂樂、要找楊江淘。因為她的外形是謝曉芬，所以雙方家屬還是叫她謝曉芬。

這謝曉芬對身邊的范江月十分討厭，對自己的女兒范舒梅、自己的父母、范江月的父母都視如陌人，而對玲玲的父母、楊江淘的父母極其親切。

范舒梅對謝曉芬哭喊道：「媽媽……我是你的女兒舒梅呀……你為什麼會這樣……為什麼不認我？」

謝曉芬聽了很茫然。然而，一看到樂樂，便高興地伸手要抱他。樂樂看到這個陌生的阿姨，害怕地鑽到爺爺奶奶的懷抱裏。謝曉芬傷心地哭泣起來。

一切都錯位了。雙方家屬痛苦異常。

院方請來了醫學專家、心理專家，經過觀察討論，認為不能讓病人家屬刺激謝曉芬，要讓她靜養，慢慢恢復、慢慢適應，如果操之過急，會讓病人的精神崩潰的，同時危及生命。

院方召集了雙方家屬，把專家們的意見告知了他們。雙方家屬唉聲歎氣了一番，然後黯然地離開了醫院。謝曉芬由醫院派人護理。

在醫院護理謝曉芬的過程中，護理人員發現這謝曉芬經常自言自語念叨著樂樂的名字，有時候還念叨著楊江淘的名字──在玲玲的意識中，這兩個人是她最深的牽掛。可是，樂樂無論如何也不要見這個陌生的女人，而楊江淘失蹤了，無法找到。這讓院方束手無策。

　　石頭城的翠蓮得知了這個情況，飛速前來探望謝曉芬。謝曉芬看到翠蓮，激動地拉著她的手說：「翠蓮，幫我找來樂樂，還有江淘怎麼不見了？我好想他們……」翠蓮知道這是玲玲對她說話，心中一酸，流下淚來。大錯鑄成，無法挽回。她安慰謝曉芬道：「你平靜一下，不要激動，我來想想辦法。」

　　翠蓮來到了楊江淘父母處。兩個老人對翠蓮哭道：「淘兒不見了，玲玲撞死了……我們老楊家到底作了什麼孽呀，老天要如此懲罰我們……」

　　翠蓮聽了，十分難受，把老人安慰了一番，然後問道：「樂樂呢？」

　　楊江淘的媽媽抹了眼淚，說道：「樂樂自打父母出事後，吃不好睡不穩，身體很虛弱。我們老倆口急壞了，剛帶他去輸了液，現在他在床上躺著呢。」

　　翠蓮走進房間，看到樂樂睜著一雙憂鬱的眼睛，躺在床上看天花板。她俯下身子，溫柔地喚道：「樂樂呀……」

　　樂樂看了她一眼，乖巧地叫了一聲「阿姨」，又心事重重地盯著天花板。翠蓮對他說：「樂樂，你在想什麼呀？對阿姨說說。」

　　樂樂的淚水流下來，哭道：「阿姨，樂樂想媽媽、想爸爸……」

　　翠蓮把他抱起來，說：「樂樂，阿姨帶你去找媽媽吧。」樂樂懂事地點點頭。

　　翠蓮把樂樂帶到了醫院，走到謝曉芬病房門口時，對樂樂施了一個障眼法，結果這樂樂一看到病床上的謝曉芬，便哭叫著「媽媽」撲了過去，謝曉芬激動地摟住了樂樂。

五

家中發生了這麼大的變故，在石頭城療傷的楊江淘一點兒也不知道。

胡淨抽空與楊丹通過夢幻室，來到楊丹父母家，來看望兩個老人。楊媽媽雖然身體很虛弱，可沒有了疼痛，覺得待在醫院裏也沒意思了，就出院回家了。她身上的癌細胞擴散得很快，日夜不停地消耗著她的身體。現在她已很難咽下食物了，每天以輸液維持生命。

楊媽媽臉色灰白、沒有血色，一副憔悴的模樣，楊丹拉起媽媽那雙如乾柴般的枯手，心疼得不知說什麼好：「媽……，我這麼久沒來看您……您不會怪我吧？」

楊媽媽欣慰地笑道：「丹丹，翠蓮都告訴我啦，你是為了救一個女孩子，接連輸了兩次血，才沒能來看我——那女孩子現在怎麼樣了？」

楊丹說：「胡淨、白松林他們妙手回春，曉晴已經沒事了，正在恢復中。」

楊媽媽看看楊丹，又看看胡淨，說道：「丹丹呀，現在媽唯一的心事就是你……該有個歸宿了。媽想了又想，覺得胡淨真不簡單，本事高，對你又好……」

楊丹的臉刷地紅了，說道：「媽……我的事兒不急，等您身體好了再說。」

楊媽媽說：「這傻孩子，媽的身體還能好了嗎？你心裏有數，媽心裏也有數。趁著現在還能說話，把該說的話都說了，以免留

下遺憾。」她把胡淨喚到床前，說道：「胡淨，你覺得丹丹怎麼樣？」

胡淨有些靦腆地說：「伯母，丹丹……她心地善良，溫柔賢慧，是個好女孩……」

楊媽媽笑了，把楊丹的手交到胡淨的手上，說道：「這樣就好……胡淨，我的日子不多了，我把丹丹交給你了……」

胡淨與楊丹對視了一眼，倆人緊緊地握住楊媽媽的手。楊媽媽又說：「我希望，你倆早日定下來，這樣我放心了。」

胡淨誠懇地說：「伯母，我一定好好珍愛丹丹的。」

楊媽媽看著胡淨，微笑道：「看你，還一口一個伯母的……」

胡淨興奮地看了看楊丹，臉色緋紅的楊丹嗔怪道：「看著我幹嗎？」

胡淨迎著楊媽媽期待的目光，陌生而親切地喊了一聲：「媽。」又直起身來對站在一旁的楊丹爸爸叫道：「爸。」

兩個老人高興地綻開了笑容。

楊媽媽的身體一日不如一日。這天下午，楊丹扶著她去了衛生間，回來時暈厥倒地，急得楊丹驚呼起來。胡淨與楊丹的爸爸立即趕過來，把楊媽媽抱到床上。胡淨經過一番把脈檢查後，給楊媽媽餵下了一粒藥丸，說道：「沒事兒，媽媽只是一時的昏迷，待一會就會醒過來了。」

果然，過了一個半小時的光景，楊媽媽醒來了。看到淚流滿面的女兒，便說：「傻丫頭，媽這不是沒事了嗎？剛才……媽去了地府，原來是當差的小鬼傳錯了。媽的陽壽還沒有盡呢，閻君就讓我回來了……」

　　楊丹半信半疑地看著媽媽。楊媽媽笑道：「閻君把你的前生今世、前因後果都對我說了。丹丹，你原來是菩薩身邊的一個童子轉世的，只因當初你調皮，捉弄了月老，月老因而懲罰了你，給你繫了一短一長兩條紅繩，短的是張偉強，長的是胡淨。觀音菩薩就把你打發到人間經歷這次輪迴。」

　　楊丹不禁想起了孽鏡臺前的演繹，原來自己就是觀音菩薩命其下凡歷劫的那個童兒。

　　楊媽媽又說：「那張偉強也是個好心人。他的前世是鳳兒小姐，忘恩負義拋棄了那個窮苦書生劉萬里。後來，那鳳兒小姐被選入宮中做了皇妃。忽然有一天，想起了被她退親趕走的劉萬里，便生悔意，就取出體己錢，修了四十九座廟宇，在災荒年間舍粥救濟災民，挽救了很多生命。閻君念她一顆仁善之心，這才讓她轉世為人。經過轉世歷劫，那鳳兒小姐就是今生的張偉強，那個窮苦書生是亮亮的母親小玲，他們青梅竹馬，一起長大，命中註定有這段姻緣要在今生了卻。」

　　楊丹聽了，連聲稱奇。說：「無常曾經對我說過，一切皆有因果。果真如此，張偉強就是鳳兒也應驗了我的猜測。」

　　楊媽媽神清氣爽，一掃病憊的陰影，對楊丹笑道：「閻君讓我告訴你這一切因果，就是要你忘記以前的恩怨糾葛，重新開始新的生活。」

　　楊丹點頭道：「媽，我明白了。您好好休息一下吧。」

　　「我一點兒也不累。」楊媽媽說：「胡淨、丹丹，我想去你們石頭城看看，住上一段時間。不知行不行？」

　　楊媽媽覺得，石頭城真是個神奇的地方，胡淨、翠蓮他們本領高超、為人又好，有生之年如果不去領略一下、感受一番，豈不太遺憾了？

　　胡淨稍加思索，笑道：「沒有問題。爸媽先準備一下，明天我們就來接你們去石頭城。」

第六章　苦盡甘來

世外石城，幽幽觀、一派繁榮。唯覺得、苦浸人人，意念不失。自然博得慈悲再，願與世人共生活。亦會煩，雙手創未來，失與得。輾轉事，誰能測。苦盡甘才來，崇尚人格。真情無價互助無惡，眾生演繹人間美德。樂善之、大愛無疆際，永祥和。

一

楊丹的父母一到石頭城，既新鮮又驚訝。所有的房屋是石頭建築的，所有的傢俱都是紅木製成的。楊丹的爸爸對楊媽媽說：「你看這屋子，石壁這麼光滑精密，還有雕樑畫棟，真是太精美了。」楊媽媽對清一色的紅木傢俱，十分喜歡，讚不絕口。

胡淨與楊丹陪著兩個老人逛遍了石頭城。這座棋盤式格局的石頭城寧靜而又優美，那些居民們又是友善好客，給楊丹父母留下了深刻的印象。

楊媽媽對女兒的婚姻大事，尤其關切，一再催促胡淨與楊丹，儘快定下日子，把喜事辦了。那白松林自告奮勇，為胡淨與楊丹籌辦婚禮。

十天之後，胡淨與楊丹的婚禮在「姐妹飯店」舉行。這是石頭城的大喜事。幾乎所有的石頭城居民都趕來賀喜喝酒了。

楊丹的父母格外開心。歷經磨難的女兒終於在這世外桃源般的石頭城找到了歸宿，開始了新的生活。

楊丹曾經獻了兩次血、搶救過來的女孩子孫曉晴，雖然還沒有完全痊癒，但是也在白松林的陪同下，趕來出席婚禮。她舉著一杯酒，笑眯眯地來到這對新人面前說：「謝謝丹姐姐為我輸血，挽救了我的生命。我敬你們一杯，祝你們白頭到老，早生貴子。」

楊丹與胡淨一起舉起酒杯，笑道：「謝謝曉晴妹妹！」

曉晴舉杯欲飲，一旁的白松林一把接過酒杯說：「曉晴，你現在的身體正在恢復中，還不能喝酒的，我替你喝了。」

楊丹笑道：「好呵，白醫生這麼體貼人。我可希望早日喝到你的喜酒哦。」

曉晴聽出了楊丹的弦外之音，滿面緋紅。

胡淨拍了一下白松林的肩膀說：「兄弟加油。」

醫院的護士長小余用輪椅把楊江淘推來了。楊江淘的骨折，在胡淨他們的治療下，恢復得很快，再過一周就可以出院了。他特意趕來給胡淨、楊丹道喜。

這「姐妹飯店」樓上樓下充滿了歡聲笑語，大家互相舉杯祝福，熱鬧異常，徹夜不眠。

正在康復中的曉晴，只要一有時間，就往楊丹家跑過來。她特別喜歡與楊媽媽聊天，這娘倆還真是投緣。

　　曉晴對楊媽媽說：「楊媽媽，我在石頭城死而復生，全靠了胡淨、白松林和丹姐姐他們。想起以前……我真夠荒唐的。我不該因為失戀而沉迷於網路，還談起了網戀，居然還與一個鬼戀上了，到後來還為了這人鬼戀而走上不歸之路。」

　　楊媽媽第一次聽說「人鬼戀」，有點驚訝。她慈祥地看著曉晴，說：「你這孩子，也是有傳奇的經歷，這石頭城的居民都不一般。」

　　曉晴點頭道：「是呀，經過這次生死經歷，我再也不會做傻事了。」

　　在與曉晴的聊天中，楊媽媽知道了她的人生往事。

二

　　記得有一個雙休日，在鎮上經營飯店的曉晴，因為工作繁雜心煩，就讓媽媽幫助打理生意，自己隨旅遊團去浙西大峽谷遊玩散心。峽谷境內山高水急，山為黃山延伸的餘脈，水為錢塘江水系的源流。好山好水，讓人心曠神怡。曉晴陶醉在大自然的懷抱裏，心情變得悠閒而寧靜。

　　時已中午，曉晴隨旅遊團的成員，一起來到一家「君再來飯店」吃飯。

　　曉晴到後院水池洗手時，無意中看到服務員拎著一隻裝有四、五條蛇的網袋。曉晴忽然心生憐憫之情，決定買下這幾條蛇放生。於是，她上前對服務員說：「小姐，這幾條蛇我要了。」

服務員說：「好，我送到廚房去讓廚師做菜。你要清蒸還是紅燒？」

曉晴搖頭道：「我要買活的，不是吃的。」

服務員奇怪地看著曉晴：「要活的？這要問老闆的。」

倆人一起來到老闆面前。坐在吧臺後的老闆四十多歲，白白胖胖的圓臉上，那一雙眼睛由於經常呈笑容狀，已經瞇成一條縫了。聽說曉晴要買活蛇，就笑道：「小姐，我這飯店不是菜場，這價錢生熟都是一樣的。小姐要是嫌貴……就請便。」

曉晴毫不猶豫地說：「老闆，這幾條蛇我都要了，多少錢？」

老闆讓服務員數了一下網袋裏的蛇，共有五條，便說：「小姐，五條蛇五百塊錢，你要是帶足了錢就……」

曉晴沒等他說完，就甩出五張百元大鈔，扔在吧臺上，拎起網袋就往外走。這時，她聽到身後傳來那個老闆的冷嘲熱諷：「你一說買蛇，我就知道你的心思。生態平衡、買蛇放生？我看得多了。你是菩薩心腸，有錢就買了放生吧。你放了生，我再捉回來。哈哈……」那笑聲，令人作嘔。

曉晴拎著網袋來到了峽谷邊。雖然，峽谷內山瀑疊生，石嵐爭俏，擁有大小石門等知名度極高的奇觀妙景，可是她現在沒有心思流覽，只是要尋找一個合適的地方放生。

曉晴走到一處山坡上，看到一大片蔥籠的樹木，還有茂盛的青草，便解開了網袋，把這幾條蛇放了出去。看著蛇兒飛快地消失在草叢中時，她的心裏一片釋然。

　　曉晴旅遊回來，就把這放生的事兒忘了。然而，不久之後，她的飯店裏發生了一件怪事。

　　中秋節晚上，曉晴早早地關了店門回家過節。可是第二天早上，在廚房裏忙乎的小麗、小華等紛紛跑到吧臺邊對曉晴說，冰箱、冰櫃裏的魚、肉和其他菜都沒有了。

　　曉晴暗暗吃了一驚。起身來到廚房，親自察看了一下。一切都正常，就是昨天購買的菜沒有了，還有許多酒也被喝光了。這是怎麼回事？曉晴覺得有些詫異。

　　此事不宜張揚，否則會影響飯店營業的。曉晴這麼一想，便對幾個驚訝的員工說：「剛才我忘了……昨天打烊後，我與幾個小姐妹一起吃了月餅賞了月，她們都說沒事幹，要到店裏來喝酒。我就帶她們來了，結果，打開店門炒了菜，正要準備喝酒，有很多顧客到店裏來，我們炒好的菜被客人吃了。一直忙到快凌晨了，累死我和小姐妹們了，到現在還有些頭暈呢。」曉晴說著，揉了揉太陽穴。

　　原來是這樣。店裏的員工都舒了一口氣。

　　曉晴帶上兩個人去了菜場，重新購買各式菜類。

　　生意出奇地好。忙忙碌碌了一整天的曉晴，始終在想那件怪事：到底是誰偷去了店裏的食物？飯店的門窗都關得好好的，鑰匙只有自己有。再說，其他值錢的東西一樣也沒偷掉。真是鬧鬼了。

　　晚上，曉晴在床上輾轉一夜，她失眠了。

　　翌晨，曉晴起了個早，趕到店裏一看，又是一驚：所有的酒菜又都沒有了。

　　一個人正發著呆，廚師、服務員來上班了。看到曉晴憔悴的臉色，都關切地問：「老闆，你昨晚又來店裏做生意了？」

　　「哦……是啊，晚上生意不錯，我就和小姐妹們又忙了一夜。」曉晴只有繼續編著假話。

　　曉晴憑直覺感到，店裏一定出了盜賊。她計畫著，今天晚上讓做警察的哥哥來店裏捉拿盜賊，一定要抓他個人贓俱獲。

　　晚上，曉晴按往常一樣關了店門，直接來到哥哥家。哥哥從外地辦案剛回到家，累得已睡下了。曉晴讓哥哥起床，說要讓他出去辦點事。嫂子有點不悅，說道：「什麼事這麼急？明天讓你哥去辦不行嗎？」

　　曉晴笑著對嫂子說：「這事兒一定要今晚辦的。嫂子你和侄子先睡吧，我哥一會兒就回來。」

　　一走出家門，曉晴就把店裏這兩天發生的事情對哥哥一說，哥哥也覺得奇怪，他決定把這事兒弄個水落石出。

　　已是夜深。兄妹倆打的往飯店方向趕去，遠遠的就看到飯店裏燈火通明。哥哥讓司機停了車子，拉著曉晴的手，悄悄地走近飯店。只見飯店裏生意興旺，服務員忙碌著端菜送酒。在對門的櫃檯裏，坐著一個和曉晴模樣一般的年輕姑娘。

　　曉晴倒吸了一口涼氣。難道這是在做夢？她把手指放到嘴裏一咬，哇！疼死了。既然不是夢，這又是怎麼回事？曉晴第一次知道什麼是害怕了，她的脊樑冒著涼氣，身上的毛髮豎起來了，頭皮都起了雞皮疙瘩。她顫抖著聲音說：「哥……鬧鬼了……我、我好怕！哥……咱們回家吧……」

　　哥哥緊緊攮著曉晴的手，問道：「那個姑娘和服務員你真的不認識嗎？」

　　曉晴搖了搖頭說：「天知道……她們是從哪兒來的……哥啊，我們回吧……」

　　做哥哥的到底是個警察，他冷靜地觀察了一下，掏出手機對曉晴說：「我來報警，讓110過來。」

　　曉晴趕緊阻止道：「哥……別報警。我、我想……明天再說……好嗎？」

　　哥哥看了曉晴一眼，說：「好吧，明晚我帶幾個兄弟來。我送你回家，早點睡覺吧。」

　　回到家，神思無力的曉晴躺在床上，迷迷糊糊的進入了夢鄉。

　　……在夢裏，曉晴來到了店裏。那個與曉晴長得一般模樣的年輕姑娘看到曉晴進來，趕緊走出吧臺跪在她的面前，一邊磕頭一邊說：「謝謝恩人的救命之恩。」那幾個做服務員的年輕姑娘也跪下了磕頭，口裏說著同樣的話。

　　曉晴糊塗了，搖著手說道：「都起來吧，磕什麼頭嘛？我什麼時候救過你們？……」

　　那個與曉晴長得一般模樣的年輕姑娘對曉晴滿懷感激地說：「三個月前在浙西大峽谷的君再來飯店，我們五個姐妹險遭不測，是你出手相救……」

　　「浙西大峽谷？」曉晴想起了買蛇放生的事兒，疑惑地問道：「難道你們是……」

「是的。我們五姐妹是修煉千年的蛇，端午這天我們原想找個隱蔽的地方顯原形的，然而修煉千年難逃一劫，我們在路邊來不及隱身，就不能動了，正好讓捕蛇人輕而易舉地抓住了。要不是恩人相救，我們早就成了盤中餐。如今，我們逃過大劫，經菩薩點化已修煉成仙。因為有恩不報，是不能位列仙班的。我們思量著怎樣給你報恩？經過再三考慮，決定化了身，幫助你在晚上開飯店。」

「這又何必呢？我曉晴買蛇放生，只是出於憐憫之心，不圖相報。」

「滴水之恩，湧泉相報。何況這救命之恩！原想把這事先對你講清楚，可又不知該怎麼說。昨晚，我在吧臺看到店外的你，真擔心你會闖進來，那時店裏還有好多客人，如果看到兩個一模一樣的人，豈不是要嚇壞了？這店也不能開了。所以今天我一定要對你說個明白。」

「哦……原來如此。」

「恩人，這是這幾天的營業款，共計五千五百元，我把存摺給你，密碼是0815。以後的營業款都會存到這存摺上的。不過，懇求恩人不要把這一切告訴外人。」

曉晴彷彿接到了一張存摺，眼前的人影忽地消失了，她一驚——夢醒了。打開電燈，她的手中果真握有一張存摺，打開一看，金額是五千五百元！她呆若木雞。

半信半疑的曉晴起床後先去了銀行，結果真的領出了錢。曉晴找到哥哥，讓他別再管店裏的事兒了。他哥哥雖然有些疑惑，但妹妹既然這麼說了，一定是有原因的，只好點頭答應。

　　有一個白天，曉晴的父母來到飯店，關切地對曉晴說：「聽街坊鄰居說，你每天開店到通宵，那怎麼行？身體受不了的，錢也掙不完的。」

　　曉晴對父母莞爾一笑道：「沒事兒，爸媽放心吧，我會抽時間休息好的。」

　　就這樣，每天晚上打烊後，曉晴回到家裏，把自己關起來。以上網打發時間，累了就上床休息。有一次忽然想起，男朋友小施好久不見了。她打了電話給小施，結果聽出小施的語氣很冷漠，小施說：「你現在只有錢了，還有我這個人嗎？半夜三更還在開店，有一次我的朋友去你店裏，你理都不理。你到底是什麼意思？要分手就明說。」曉晴想，真是誤會了，可又不能說明白。她私下裏想找個機會，讓那幾個蛇仙停止半夜開店，再這樣下去，肯定要出問題的。

　　就在這天晚上，曉晴又夢到了那個與她長得一般模樣的年輕姑娘，她對曉晴說：「你的男朋友早就變心了，他腳踏兩頭船，現在正與一個局長的千金小姐談婚論嫁了，你還蒙在鼓裏呢。」

　　曉晴不信。她與男朋友小施談戀愛已經兩年多了，因為她太忙，確實很少約會。特別是最近半年多來，倆人偶爾見一次面，也不是那麼親熱了，就這樣不離不散地拖著。白天，曉晴讓一個同學去小施那兒摸摸底，結果帶回來的消息與她夢中聽到的一樣，小施真的快要結婚了。

　　曉晴聞知，傷心地哭了一場。

　　自此之後，曉晴白天機械地上班，晚上回家上網聊天，把自己封閉起來。

三

在虛幻的網路中，曉晴似乎找到了某種寄託。

有一個網友叫「火焰」。吸引曉晴的是，火焰敲擊出來的文字，往往有一點傷感，又有一點愛情的氣息。正是這樣，他們成為了網路中的好友。

火焰對曉晴說，愛情是苦的，無論是誰，只要一和愛沾上邊，就註定會痛苦的。

看著那行閃爍的漢字，曉晴的心一下子就揪緊了。那種苦痛的味道，她一輩子也忘不了。

曉晴問他，難道我們有曾經相似的過去嗎？

火焰說，過去不重要，重要的是現在和將來。

火焰問曉晴，她要找一個什麼樣的人？

曉晴考慮了一下，告訴他，首先那個人必須要成熟，而這種成熟應該是指心理上的，而且還要有一顆真愛我的心，可以包容我的一切。

以後的日子裏，他們仍然每天在網上碰面。一聊就是幾個小時。曉晴多次想給火焰打電話，但老是害怕一通電話會破壞掉一些什麼。

火焰也不再只是悲情故事中的男主人公了。他的另一面是溫柔、浪漫、多情、幽默、才華橫溢的。只是偶爾的那抹淡淡憂傷，總令曉晴心跳不已。

在這個網路的國度裏，曉晴可以肆無忌憚地釋放她全部的愛——毫無保留；她可以想哭就哭、想笑就笑——他們說這叫率性。

但是，她還是真實的她嗎？因此，虛幻國度中的曉晴就這麼不可避免地愛上了那個叫火焰的人，也許是感情的空虛和脆弱所致吧。

此後，她指尖下流露出的愛的資訊更強烈了。曉晴偶爾在適當的時候也跟他撒撒嬌，說幾句肉麻兮兮的話。她曾對火焰說，會在網路上為他做一切在現實生活中無法做到的事。發出這條信息後，曉晴竊笑著認為他一定會被感動。果然，他說他被感動了。而這句話之後他又說，在現實生活中也會對她好一點兒。

曉晴的笑容在臉上凝固了。難道，他也有著和她相同的感受嗎？她其實很清楚，和他見面的機會是微乎其微，但是她卻不可自拔地選擇了這種無望的沉溺。

每天晚上，曉晴在貓鼠共存的網路世界裏和火焰相會，雖然他們僅僅是文字意義上的談情說愛，卻給予了彼此從未有過的信賴和依靠。網路給他們的那許多似是而非的幻覺，使虛擬與現實混淆在一起，難以分清，他們居然能從那些冷冰冰的字符裏區分出親近遠疏，就像面對真實的人生。

曉晴曾經想不再上網，不再聊天，更不要理他了，這樣她可以避免深深陷進去，她不喜歡魂牽夢繞的思念！

但是這噩夢既然開始，就難以再醒了。每當到了晚上，曉晴還是不由自主地打開電腦，打開QQ繼續著昨天的虛幻故事。

曉晴還是每夜在網路上和火焰相會。他們愛的是那樣的深，一點也不覺得網路的虛無，每次相會就好像火焰就在身邊。那麼的親切，令她心跳加快。她好想見他，於是她讓他發張照片來，他總是說：「我會讓你見到的……呵呵，說不定我會在夢裏和你相會。」

　　說的也怪，自從和火焰網戀之後，曉晴經常會在夢裏和他相會，並清楚地看到他的長相，聽到他的聲音。火焰一米八零的身材，略微有點偏胖，一雙大眼睛含情脈脈。有點像歐洲人的鼻子，性感的方口。皮膚有點黑，但是很光潔。在夢裏，他們熱戀了，曉晴經常依偎在火焰的胸前，聽他的心跳聲。有時火焰會把曉晴緊緊的摟在懷裏吻她，感覺是那樣真切。有時火焰會牽著曉晴的手出去遊玩。夢裏的一切都是那樣的真實。所以，曉晴每天晚上不是在網路上，就是在夢裏，與火焰一起度過的。

　　火焰打字很快，懂得的知識也多。他們除了談情說愛，就是談古論今。曉晴越來越佩服火焰了，他的幽默，他的體貼，他的才華，他的豐富的知識。火焰最可愛之處是出口成章。曉晴喜歡詩，每晚他都會送她一首或幾首現作的詩。他問曉晴喜歡什麼東西，曉晴說了之後，他就會用她的答復即興賦詩。有一次，火焰問曉晴：「酒是什麼？」

　　曉晴回答是：「能麻醉人的神經，讓人興奮的液體。」

　　於是，火焰以「酒」為題作了首詩：

年少的我把酒傾入嘴裏一飲而盡

酒是喚醒生命的火焰

微笑著朝自己認為最美的女人走去

恍若千年前便相約在此時相會

她告訴我酒

能麻醉人的神經

讓人興奮的液體

踮著腳尖踩著狐步

兩人緊緊相擁好像等了十個世紀

在夢裏

女人的舌丁香般滑入嘴裏

吻著她抱起她

用不著再去多想些什麼

愛欲正在心底飛揚

經過幽深柔軟的遂道

也就能回到出生時的地方

那裏沒有眼淚與悲哀

只有那無邊無際溫暖的愛

　　能作這樣詩句的人應該是一個浪漫而多情的男人，曉晴越發不能自拔了，他們用文字定下了海誓山盟。就這樣每天守著電腦的螢幕，已經無法忍受了，曉晴一定要和火焰見面。

　　火焰看到曉晴想見他的願望如此強烈，但就是答應不了。火焰說他們不能相見，如果見了就會影響曉晴現在的現實生活，但是曉晴說她決不後悔，並且說如果不見就沒有了明天。火焰沒有了辦法，給了曉晴一個地址，讓她去見他。他說那是他的家裏。

　　原來火焰和曉晴是一個城市裏的，距離只有幾十公里的路程。

　　第二天一早，曉晴為火焰精心地選購了禮品，趕了一個多小時，就到了火焰的家門前。下了車，曉晴按捺不住興奮的心情，網戀半年終於可以相見了。幾百次想像的見面情景就要出現眼前了。

她按響了門鈴……

開門的是一個五十多歲的阿姨，問道：「姑娘你找誰？」

她可能是火焰的母親吧？曉晴親熱的叫了聲：「阿姨，火焰在家嗎？」

「什麼？」那阿姨吃驚的問。

「火焰是住在這嗎？」曉晴重複一遍。

「火焰？火焰……」阿姨重複了一句，疑雲滿面。

曉晴急切的問道：「阿姨，怎麼了？您快告訴我。」

「火焰、火焰……他已經不在人世了，離開我們已經三年了。姑娘，你是他的同學？進來吧。」阿姨傷心而客氣地說：「雖然火焰不在了，但是姑娘既然來了，就進來坐坐吧。」

曉晴一下子墜入了萬丈深淵。這是怎麼回事？她驚訝地自言自語道：「他……不在了……三年了……」

那個阿姨把曉晴讓進屋子，傷痛地說：「這孩子，是因為失戀……他喝醉了酒之後，把早就準備好的汽油倒在了自己的身上，在他的女友面前打著了打火機，頓時他成了一個火人。他的女友去拉他，沒用了……怎麼都沒用了。那個女孩燒殘了拉他的那隻手，火焰……他就這樣狠心地離去了……他沒有想想生養他的父母，就這樣自私地走了……」

那個阿姨泣不成聲。

曉晴簡直不敢相信自己的耳朵，也不知道自己是怎樣離開火焰家的。

　　回家了的曉晴沒有吃飯就倒在了床上，不管母親怎樣勸說和詢問，她就是不說一句話。母親流下了無奈的傷心淚。

　　這天晚上曉晴沒有上網。痛哭之後，不知不覺睡著了。在夢裏她看見了火焰，火焰告訴她，原來火焰是因為相戀五年的女友離他而去，他喝完酒賭氣在女友面前點著了自己身上的汽油。他說得和他母親說得一樣。火焰又對曉晴說，他是因為地府寂寞，所以才來到網路裏，以聊天打發時光，沒想到卻發生了人鬼戀。

　　火焰深情地說，他已與曉晴發生了人鬼戀，動了真情，如果曉晴不能原諒他、嫌棄他，那麼火焰的精氣神就會煙消雲散了，永遠不得超生了。不過，就算這樣，他也無怨無悔。

　　曉晴無比感動。第二天晚上，她在自己的房間裏，用水果刀割了自己的脈搏，想結束自己年輕的生命，要去地府和火焰團聚。

　　在電腦上，曉晴留下了最後一行字：「我到另外一個世界和我的愛人團聚了。」

　　曉晴的母親這幾天老是覺得女兒神情有異，吃不下飯，話也很少，便放不下心來，臨睡前來看看女兒。結果，她看到女兒房間的門下流出鮮紅的血液，她發瘋一般叫著「曉晴」的名字去開門。可門是反鎖著的。曉晴的母親悲傷的哭叫聲驚醒了老伴，他給曉晴的哥哥、還有醫院打了電話，接著兩個老人向門撞去。門被撞開了，曉晴的母親摔倒在女兒的血泊裏，她爬起來撲到床上女兒的身上，抓起還在滴血的手腕，哭喊著，用牙齒撕下一條床單為曉晴包紮傷口。

　　救護車趕到了，曉晴的父親與哥哥把氣若遊絲的曉晴抬上了救護車。到了醫院，醫生要給曉晴輸血，可是已經找不到血管了。

　　石頭城的翠蓮用法術使曉晴暫時閉氣，醫生宣佈曉晴死亡，把屍體送進了太平間。曉晴的媽媽叫了一聲「曉晴」之後就昏死過去了。醫生搶救曉晴的母親，後來發現曉晴的母親肩胛在流血，解開衣服發現曉晴媽媽的肩胛，有一小塊骨頭支在了皮膚外面。原來，曉晴的媽媽由於心急撞門用力過猛，造成肩胛骨骨折，刺破了皮膚而流血。

　　第二天，殯儀館的車子來拉屍體，打開太平間的房門，卻找不到曉晴的屍體了。

　　沒有了屍體，可不是小事情。醫院上下議論紛紛，家屬不依不饒。後來報了案，經過精密細緻的偵察也沒能發現異樣與疑點。那麼大的一具屍體怎麼會在光天化日之下消失了？難道是自己走出去的？對，是自己走出去的。經過偵察取證，地上的鞋印就是死者的鞋印。可是，這怎麼可能呢？曉晴明明已經死亡了，再說她身體裏的血幾乎流乾了。然而，那雙鞋印在醫院門口就消失了，再也找不到去向了。曉晴的哥哥就是警察，對妹妹屍體的離奇失蹤，也是百思不解。經過幾天的偵察破案，案情毫無進展，這個疑案只有先放下再說了。

　　就在曉晴自殺之後，閻君覺得讓火焰繼續遊蕩於網路是不妥當的，於是打發火焰去投胎了。在臨投胎前，火焰來到石頭城，向昏迷中的曉晴道別時說：「曉晴，對不起！是我害了你。閻君讓我去投胎重生了，我得走了。你要好好生活，生命是非常寶貴和脆弱的，你要好好珍惜。我後悔當初不該自焚了卻年輕的生命，可是一切都晚了，你現在覺醒還來得及。我走了曉晴，我們是不能生活在一起的。保重！」說罷，火焰一閃，消失了。

楊媽媽聽到這兒，對曉晴說：「那火焰，付出了生命的代價，終於覺醒了。你今後要好好珍惜生命，不可輕生做傻事了。」

曉晴看著楊媽媽，笑道：「楊媽媽，我現在真正懂得了生命是多麼可貴，活著多好！惡夢醒來是早晨，我會好好生活下去的。」

四

胡淨與楊丹新婚大喜，效魚水之歡，享人生幸福。

楊丹現在最擔心的，還是媽媽的病情。

女兒終於有了新的歸宿，讓楊媽媽了卻了心願。然而興奮過後，她的精神開始委頹。一周之後，身體明顯消瘦，虛弱得茶飯不思。胡淨每天安排醫護人員給老人家輸液，增加營養與抵抗力。

胡淨與白松林正在研究的醫學項目是專門攻克癌症的HB療法，只是還沒有應用於臨床治療。

楊丹聽說後，便對胡淨說：「那就讓咱媽試驗一下吧。」

胡淨說：「我們這個HB療法還不成熟，成功的機率是百分之二十。我想再等一段時間，把研究深入一些，再給媽治療。」

楊丹急了：「媽的病情都這樣了，還能等嗎？既然有百分之二十的機率，就應該試一下。」

胡淨鄭重地說：「這事兒，還得兩個老人同意才行。」

夫妻倆來到楊媽媽的床前。楊媽媽對著女兒、女婿，輕聲地歎道：「看來，我沒有幾天好活了，不過也知足了。唉，只是不能看到我的外孫了……」

　　楊丹心中酸楚，臉上卻帶著笑容說：「媽，您不會有事的……」

　　楊媽媽苦笑著說：「傻丫頭，不用安慰媽了……媽心裏有數，挨不了幾天了。」

　　楊丹便對爸爸、媽媽說了胡淨與白松林在研究的專門攻克癌症的HB療法，現在唯一擔心的是，成功的機率目前只有百分之二十。

　　楊媽媽的臉上露出了希望的笑容，她說：「現在我的身體維持不了幾天了，這幾天我的眼睛都不好使了，我估計癌細胞已經擴散，壓迫了視網神經。能有百分之二十的希望，就值得試試。即使治療失敗了，不也是為胡淨他們攻克癌症積累了經驗嗎？老頭子你說是吧？」

　　楊丹的爸爸點頭道：「是呀，胡淨。你就放手給你媽治療吧，不要有思想包袱，就是不成功，我和你媽、丹丹都不會責怪你的。」

　　胡淨感激地說：「謝謝爸爸、媽媽的理解與支持。為了我們家庭的幸福生活，也為了攻克醫治癌症的難關，胡淨一定竭盡全力。——既然定下來了，我們明天就開始治療吧。從今天開始起，媽就不要吃任何食物了。我會安排給您輸液的。」

　　翌晨，一家人準備就緒，把楊媽媽送進了醫院。

　　在護士用輪椅把楊媽媽推進手術室時，楊丹含著淚拉著媽的手說：「媽……您一定要挺住，我們都在等您……」楊丹的心裏猶如萬箭穿心般地難過，她不知道今天與媽一別會不會是永訣？

　　楊媽媽安慰女兒道：「丹丹別難過了，媽會健健康康地回來的，還要抱外孫呢。」

　　楊丹的爸爸緊緊握著老伴的手，依依不捨地說道：「你會沒事的，要相信胡淨他們。」

　　楊媽媽深情地看著老伴說：「老頭子，我會配合咱們女婿治療的，早日與你們團聚。就是我真的走了，你也不要難過。咱們女兒女婿這麼孝敬老人，我知足了。」

　　手術室裏，胡淨、白松林已經做好了手術的準備工作。等楊媽媽躺到手術臺上，他們給楊媽媽注射了麻醉藥。不一會兒，楊媽媽失去了知覺。手術室裏開始了緊張的工作，他們把楊媽媽身體裏的血液全部抽出，密封以後送進了鐳射冷凍箱。同時，給處於休眠狀態的楊媽媽輸入了同量人造血漿，送入了無菌淨化室，

　　楊媽媽的鮮血需要在鐳射冷凍箱裏冷藏四百天。而無知無覺的楊媽媽也需要在無菌淨化室隔離四百個日日夜夜。

　　在楊媽媽按受治療的日子裏，楊丹懷孕了。

五

　　楊江淘傷腿痊癒之後，就迫不及待地要回家了。他十分地牽掛兒子樂樂、妻子玲玲，還有父母、還有公司……，然而，不知是因為胡淨、白松林他們太忙，還是他們故意拖延，老是沒有安排時間送他出石頭城，這讓他煩躁不安。

　　突然有一天，翠蓮帶著樂樂來到了他的面前。楊江淘簡直不敢相信自己的眼睛：樂樂來了！

樂樂一見到爸爸，真是樂壞了，一下子撲到爸爸的懷裏，流淚道：「爸爸……樂樂好想你……爸爸……」

楊江淘抱起樂樂，緊緊摟著，親熱地說道：「樂樂，好兒子。爸爸正想要回去，看樂樂、還有你媽媽……，對了，爸爸不在家的時候，樂樂乖不乖？有沒有鬧媽媽？」

樂樂說：「爸爸，樂樂可乖了。只是樂樂……好怕，媽媽她被汽車撞了，治好以後，有時候對樂樂真好，有時候可恨樂樂了，還要……掐死樂樂……。

玲玲也被汽車撞了？楊江淘一驚，他看著翠蓮，擔心地說：「翠蓮，這到底是怎麼回事？玲玲她沒事兒吧？」

翠蓮黯然道：「現在我有事要去辦。晚上我再過來對你說。」

楊江淘焦慮地等到了晚上，待樂樂睡下之後，翠蓮出現在他面前。楊江淘一把拉著翠蓮的手說：「翠蓮，快告訴我……」

翠蓮讓楊江淘到客廳的沙發上坐下，然後把玲玲身遭不測的過程全部對楊江淘說了。當楊江淘聽到玲玲已命赴黃泉時，嚎啕大哭起來。

謝曉芬康復出院後，范江月把她接到了家裏。因為她移植的是玲玲的大腦，所以她對范家的一切十分冷漠，對樂樂異常親近，親不夠、愛不夠。由於翠蓮對樂樂施了障眼法，樂樂把謝曉芬當成了媽媽玲玲，這娘倆天然的親熱，讓范江月的女兒范舒梅惱怒不已，這已不是她的媽媽了，徒有其身而已，便傷心地回到廣州繼續讀書了。那范江月，倒是對謝曉芬照顧得相當周全，因為這是玲玲與謝曉芬合二為一的女人。他還請來了一個保姆，專門侍候謝曉芬。

　　謝曉芬的內心無比矛盾。作為玲玲，她覺得無以面對楊家。而作為謝曉芬，她又感到與范家格格不入。玲玲與范江月偷情，生出了樂樂，由此發生的悲劇，讓兩家人墜入了深淵，難以自拔。

　　重生的謝曉芬把自己封閉在房中，每天在痛苦中煎熬，樂樂是她唯一的支撐。

　　然而，生活不能就此平靜下來。謝曉芬的靈魂時常侵擾玲玲的靈魂，不斷地廝打著。多少次，謝曉芬在夢中看到另一個謝曉芬，狂怒地辱罵她：「你這個賤貨，偷了我老公，生了個孽種，如今你還霸佔了我的身體……我決不會善罷甘休的，早晚我要奪回我的一切，親手殺死那個孽種。」

　　醒來的謝曉芬回想起來，不寒而慄，痛苦異常。

　　有一次，樂樂去幼稚園了。中午時分，謝曉芬正與范江月、保姆一起吃中飯時，這謝曉芬突然掀掉了桌子，甩了范江月一個耳光，哭喊道：「范江月，你這個沒有良心的畜生……你背叛了我，現在我死了，你可如願了。那個不要臉的女人，把我的一切都霸佔了。我什麼都沒有了，在陰曹地府身無分文，無家可歸，你讓我怎麼生活？我快要被送到枉死城了，范江月……」

　　驚訝的范江月聽了謝曉芬的哭訴，立刻明白過來，謝曉芬是借身還魂了。他趕緊摟緊謝曉芬，心中酸楚地說：「曉芬……是我對不起你，我……我就給你造豪華的房子，還會給你好多好多錢，讓你在那邊做一個億萬富婆……你放心吧，曉芬……」

　　那保姆看到這一幕，害怕得立即辭職走人。

謝曉芬在范江月的懷裏哭了好一會，突然頭一歪沒有聲音了。范江月趕緊掐她的人中，急切地呼喚她的名字。待到謝曉芬醒來，她掙脫了范江月的懷抱，茫然地看著家裏的一切。范江月知道謝曉芬的靈魂回去了，現在又是玲玲的思想了。

范江月對謝曉芬真是提心吊膽，怕她突然發作，鑄成大錯。有一天傍晚，樂樂剛從幼稚園回來，謝曉芬忽然身體一哆嗦，瞪圓了憤怒的眼睛，猛地抓住樂樂罵道：「都是你這個野種惹的禍，害得我難以做人，今天我非掐死你不可，以解我的心頭之恨……我要掐死你！」

樂樂被謝曉芬死死地掐住了脖子。范江月大喝一聲，衝了過去。這時，謝曉芬一激靈，鬆開了掐住樂樂脖子的手，把他摟在懷裏，心肝寶貝地叫著。

樂樂嚇壞了，這個既熟悉又陌生的媽媽讓他害怕極了。他掙脫了謝曉芬的懷抱，瑟瑟發抖地躲到牆角邊哭泣。

翠蓮正好看到了這一幕，她抱起了樂樂，樂樂把頭埋在她的懷裏，不敢抬起頭來。

翠蓮覺得不能再這樣下去了，否則會造成另一場不可設想的災難。她找了個機會，趁謝芬芳清醒時，說要把樂樂帶到楊江淘那兒，她對謝曉芬陳述了利害關係。謝曉芬完全接受，她聲淚俱下地說：「翠蓮，我知道……，那扭曲的靈魂一附體，我就控制不了自己了，想想都後怕。你把樂樂帶走吧，交給江淘。樂樂與你們生活在一起，我真正放心了。」

楊江淘心傷欲碎，沉浸在悲痛中。翠蓮對他說道：「楊大哥，有些事兒天意難違，非人力所能為，你要節哀順變。」

楊江淘點頭無語。

翠蓮說：「樂樂到了你的身邊，現在他最想念的應該就是他媽媽了。所以，我將永遠化身玲玲模樣，給予他母愛，讓他好好成長。楊大哥，你同意嗎？」

楊江淘感動地說：「翠蓮，你為我們、為樂樂付出了那麼多，我真不知該怎麼感謝你？」

翠蓮雙頰一紅，說：「有一種愛不需要言謝，因為這是心甘情願的。」說罷隱身而去。

翌晨，翠蓮化身玲玲的形象，拎了一大包禮品、玩具，敲開了楊江淘的家門，楊江淘看到她來了，便對樂樂說：「樂樂，媽媽來了……」

樂樂看到媽媽，心有餘悸，黏緊楊江淘的懷抱，瞪著一雙大眼睛，驚恐地看著翠蓮。

翠蓮親切地走過來，從包中拿出一輛小汽車，柔聲細語地對樂樂說：「樂樂，媽媽給你買了小汽車——你看，這汽車會自己駕駛呢。」她一按開關，放在地上，那小汽車飛快地向前駛去。

樂樂一看，趕緊掙脫爸爸，向小汽車追去。一直到了牆角邊，那小汽車不動了。樂樂抱著汽車過來，看著翠蓮，想要說話又不敢開口。翠蓮蹲下身子對他說：「樂樂，是不是小汽車不會開了？媽媽教你吧。」

樂樂點了點頭。翠蓮指著那開關，讓樂樂擰了一把，放到地上，那小汽車果然又向前駛去。樂樂高興地笑道：「媽媽，我會開汽車了——」

樂樂這一叫，讓翠蓮愣了一下，她站起身子，與楊江淘相視而笑起來。

六

割腕自殺的孫曉晴在石頭城獲得了新生，她的身體康復後，十分想念父母，白松林擔負起了「護花使者」的任務，護送她回家。

然而，近鄉情更怯。歸家途中的曉晴知道家鄉不遠了，她惶恐不安起來。從割腕自殺到她的屍體在醫院失蹤，已半年多了，這個離奇的謎案不知會給家裏造成什麼影響？左鄰右舍又會怎樣對待她的親人們？她不敢多想，又不敢冒失地出現在家裏。

白松林知曉了她的心情，便帶著她在杭州的湖濱賓館住下了，這兒離曉晴的家鄉不遠了。

到了晚上，曉晴顫抖的手指撥通了家裏的電話。接電話的是曉晴的媽媽。聽到媽媽熟悉的聲音，曉晴哽咽得說不出話來，好久才激動地哭叫道：「媽……媽，我是曉晴……」

對方沒有回音，寂靜無聲。曉晴知道媽媽被嚇住了，過了一會才聽到媽媽的悲泣聲：「曉晴……可憐的曉晴……你在那邊還好嗎？爸媽給你的房子、還有錢都收到了嗎……曉晴，爸爸媽媽每天每夜都在……想你呀……」

接著，是曉晴的爸爸接了電話，帶著哭音說：「真的是曉晴嗎……我可憐的女兒……」

曉晴聽到兩個老人的哭喊聲，便知他們真的以為自己死了，是自己的靈魂在與他們通話。她在電話這頭哭得更厲害了，泣道：「爸爸、媽媽，曉晴沒有死，曉晴給神仙救活了……曉晴好想你們……」

只聽媽媽止住了哭泣，半信半疑地問道：「曉晴……你真的還活著？你現在在哪兒？」

曉晴說：「我在杭州，住在湖濱賓館615號房間。媽，今天晚了，明天……」

媽媽在那一頭說：「為什麼要等到明天？我今晚就讓你哥哥開車過來看你，不管你是人是鬼，我們都要見一面。」

爸爸也把電話接過去，說道：「曉晴，你別騙我們，在那兒等著，我們一會兒就趕到。」

從家裏到這賓館，最慢也不到一小時。曉晴放下電話，神情激動地在房間中走來走去，站立不安。白松林把她拉到沙發上坐好，遞給她一杯茶，讓她安靜一會。

果然，半小時之後，響起了敲門聲。曉晴一個箭步，飛奔過去，打開了房門。只見一身警服的哥哥帶著父母來看她了。曉晴熱淚盈眶，拉著父母的手。爸爸、媽媽、哥哥遲遲疑疑地跟著曉晴進了門，白松林熱情地讓座、泡茶。

媽媽看著曉晴，疑惑道：「曉晴……媽不是在做夢吧？」

曉晴說：「媽，不是做夢，是真的。我真的是曉晴呀！」她指著白松林說：「這是我的朋友白松林，是他與胡淨、翠蓮、楊丹他們救了我的命。你們看，曉晴這不是好好的嗎？」

曉晴與白松林一起把她在石頭城死而復生的經歷講述了一遍，爸爸、媽媽、哥哥這才相信，一家人抱頭痛哭。

從家人的敘述中，曉晴得知，在她出事之後，特別是她的屍體神祕失蹤，轟動了四鄉八鄰。有的說曉晴讓鬼給迷走了，有的說曉晴的屍體給盜走做了人肉包子，還有的說曉晴是詐死出走了……說什麼的都有，傳的神乎其神。家裏人都背上了沉重的思想包袱，兩個老人為此傷心得日漸消瘦、蒼老，連門都不敢出了，是哥哥嫂嫂給他們買菜、做飯，照顧他們。曉晴的那家飯店也關了。

曉晴想起了那幾個蛇仙，也許是因為她意外出事，它們也散去了。她不禁歎息了一聲。

家人驚喜重聚，真有說不完的話。曉晴把爸爸、媽媽、哥哥留下來，與白松林一起陪著他們在杭州玩了兩天。

爸爸、媽媽、哥哥都要曉晴回家去。曉晴對他們說：「我再也不想回到那個傷心之地了，我只想在石頭城安安心心地過一輩子。」

媽媽問：「曉晴，石頭城到底在什麼地方？我們也去看看。」

曉晴說：「石頭城既遙遠又神祕，地圖上也找不到，不是隨便能去的。不過，等到有合適的時機，我來接你們吧。」

媽媽含淚道：「曉晴……你一個人在外面，我們……都不放心呀……」

曉晴笑道：「媽，您不用擔心的。我們石頭城生活富裕，人人都友好相處，風光又好，是真正的人間天堂呢。」

白松林也說：「伯父、伯母、大哥，你們都放心吧，曉晴在石頭城一定會生活得幸福、快樂。以後她要想你們了，我會隨時帶她過來的，與你們團聚。」

一家人依依惜別。

七

在楊媽媽進入手術室後的第十個月，楊丹生下了一個兒子，取名圓圓。意思是一家人團團圓圓，和諧幸福。這孩子毛茸茸的，特別可愛。楊丹對自己的骨肉，十分疼愛，對胡淨玩笑道：「你看這小傢伙，好像沒進化好似的，這麼毛茸茸的。」

胡淨看著可愛的寶寶，說：「等他長大了，就會與你一樣皮膚光潔了。」

楊丹的爸爸抱著外孫，想起了正在治療中的老伴，便說：「等他外婆治好了病後，看到自己的外孫，一定歡喜得不得了呵。」

白松林與曉晴結伴來看小寶貝。他倆開心地圍著小圓圓，笑著逗他。楊丹對他倆笑道：「你們快結婚，自己生個孩子逗著玩吧。」

白松林凝視著曉晴說：「丹姐這麼說，你是不是該考慮了？」

曉晴臉色一紅，嗔怪地把白松林推開了，抱著小圓圓唱起了兒歌。

　　化身玲玲的翠蓮與楊江淘也帶著樂樂來看小圓圓了。楊江淘俯下身子對樂樂說：「兒子，讓媽媽給你生個弟弟好嗎？」

　　樂樂看了看爸爸，又看了看媽媽，鄭重其事地說道：「我要一個弟弟、一個妹妹。」

　　樂樂的話，讓滿屋子裏的人大笑起來。

八

　　楊媽媽在無菌淨化室裏度過了四百個日日夜夜。胡淨、白松林他們按計劃實施HB療法的第二步。

　　楊丹在家中照管著小圓圓，可她與爸爸一樣，一心牽掛的是手術中的媽媽。一年多時間了，沒有任何知覺的媽媽與世隔絕地躺在無菌淨化室的病床上，如今正處在能否復甦重生的生命關頭。她既擔心手術失敗、媽媽再也醒不過來，又對胡淨、白松林他們充滿希望，覺得他們一定能使媽媽起死回生。

　　每一天晚上，楊丹與爸爸一起焦急地守候著胡淨回來，累得精疲力竭的胡淨便會帶來手術的最新進展情況：

　　楊媽媽的血液通過冷藏、透析、淨化等必要處理，已成功地清除了病毒；

　　楊媽媽的病肝已切除，換上了人造肝；

　　楊媽媽的血液已重新輸入，未見異常反應；

　　楊媽媽的心跳、血壓開始恢復正常；

　　楊媽媽已度過危險期；

　　……

一個又一個好消息，讓楊丹興奮不已，急切地期待著要見到媽媽。可是胡淨說：「等到合適的時候，我會帶你們去醫院的，千萬別著急。白松林他們在日夜工作。」

終於，有一天中午，胡淨高興地回家來，帶上楊丹與她的爸爸來到醫院，隔著玻璃門，看望躺在病床上的楊媽媽。他們看到，睡眠狀態的楊媽媽呼吸細勻，面色紅潤。胡淨輕聲對他們說：「媽媽現在狀態良好，每天在給她輸送營養液，身體恢復得很快。」

白松林也在一旁說：「放心吧丹姐，這次我們給楊媽媽是標本兼治，讓她老人家徹底康復。」

胡淨與白松林都消瘦了一圈，楊丹感動地說：「你們為了我媽，真是太辛苦了！」

楊丹的爸爸也說：「你們不愧為白衣天使，把我老伴從死亡線上救回來，太感謝你們了。」

又過了一周。胡淨對楊丹說：「媽媽的身體各項功能都已恢復正常了，問題是還沒有甦醒過來，需要設法喚醒她。」

楊丹與爸爸一起帶上小圓圓，隨著胡淨到了楊媽媽的病床前。媽媽的氣色非常好，只是猶在熟睡中。他們一起呼喚著楊媽媽。楊丹把小圓圓的小手放在媽媽的掌心裏，說道：「媽，這是您的外孫小圓圓，他來看外婆了，媽……您快醒過來吧……」

她就這樣說了一遍又一遍。小圓圓的手被媽媽按在外婆的掌心裏，他想要掙脫媽媽的手，用力地抓著外婆的手心，然而媽媽沒有鬆開他的小手，這小傢伙哇地一聲在病房裏哭喊起來。

楊丹的爸爸在一旁心疼地說：「快哄哄圓圓，別讓他哭了。」

胡淨說：「沒事的爸爸，就讓他哭吧，也許圓圓的哭聲能喚醒他的外婆呢。」

大家正說著，忽然聽得楊媽媽從睡夢中喊道：「別讓我的外孫哭……」

雖然楊媽媽的聲音很輕很輕，然而所有病房裏的人都如聆天籟。

病房裏一片寂靜。小圓圓也停止了哭聲，瞪大眼睛看著床上的外婆。

楊媽媽終於睜開了雙眼，她喜悅地看著圍在她身邊的一家子。

一家人激動地摟在一起，喜極而泣。

……

楊媽媽康復出院一個月，石頭城又有喜事了。胡淨與楊丹一起為白松林與曉晴，楊江淘與翠蓮兩對新人在「姐妹飯店」同時舉行了婚禮。

那是石頭城最快樂、最幸福的一天。

晚上，參加婚宴的石頭城居民們一起走出「姐妹飯店」，燃放起煙花爆竹。正在這時，他們驚喜地看到，夜晚的天空上，觀音菩薩端坐蓮花之上，微笑地俯瞰著石頭城的居民們。

國家圖書館出版品預行編目

塵世情緣 / 陳瀅著. -- 一版. -- 臺北市：秀威
資訊科技, 2008.09
　　面；　公分. -- (語言文學類 ; PG0249)
BOD版
ISBN 978-986-221-271-4 (平裝)

857.7　　　　　　　　　　　　98012806

 語言文學類　PG0249

塵世情緣

作　　　　者 / 陳　瀅
主　　　　編 / 蔡登山
發　行　　人 / 宋政坤
執　行　編　輯 / 藍志成
圖　文　排　版 / 黃莉珊
封　面　設　計 / 陳佩蓉
數　位　轉　譯 / 徐真玉　沈裕閔
圖　書　銷　售 / 林怡君
法　律　顧　問 / 毛國樑　律師
出　版　印　製 / 秀威資訊科技股份有限公司
　　　　　　　　台北市內湖區瑞光路583巷25號1樓
　　　　　　　　電話：02-2657-9211　　傳真：02-2657-9106
　　　　　　　　E-mail：service@showwe.com.tw
經　　銷　　商 / 紅螞蟻圖書有限公司
　　　　　　　　台北市內湖區舊宗路二段121巷28、32號4樓
　　　　　　　　電話：02-2795-3656　　傳真：02-2795-4100
　　　　　　　　http://www.e-redant.com

2009 年 9 月　BOD 一版
定價：240 元

讀 者 回 函 卡

感謝您購買本書,為提升服務品質,煩請填寫以下問卷,收到您的寶貴意見後,我們會仔細收藏記錄並回贈紀念品,謝謝!

1.您購買的書名:_____

2.您從何得知本書的消息?

　　□網路書店　□部落格　□資料庫搜尋　□書訊　□電子報　□書店

　　□平面媒體　□ 朋友推薦　□網站推薦　□其他_____

3.您對本書的評價:(請填代號　1.非常滿意 2.滿意 3.尚可 4.再改進)

　　封面設計____　版面編排____　內容____　文/譯筆____　價格____

4.讀完書後您覺得:

　　□很有收獲　□有收獲　□收獲不多　□沒收獲

5.您會推薦本書給朋友嗎?

　　□會　□不會,為什麼?_____

6.其他寶貴的意見:_____

_____

_____

_____

讀者基本資料

姓名:_____　年齡:_____　性別:□女 □男

聯絡電話:_____　E-mail:_____

地址:_____

學歷:□高中(含)以下　　□高中　□專科學校　　□大學

　　　□研究所(含)以上 □其他_____

職業:□製造業 □金融業 □資訊業 □軍警 □傳播業 □自由業

　　　□服務業 □公務員 □教職　□學生 □其他_____

To：114

台北市內湖區瑞光路 583 巷 25 號 1 樓

秀威資訊科技股份有限公司　　　收

寄件人姓名：

寄件人地址：□□□

(請沿線對摺寄回,謝謝!)

秀威與 BOD

BOD（Books On Demand）是數位出版的大趨勢，秀威資訊率先運用 POD 數位印刷設備來生產書籍，並提供作者全程數位出版服務，致使書籍產銷零庫存，知識傳承不絕版，目前已開闢以下書系：

一、BOD　學術著作—專業論述的閱讀延伸
二、BOD　個人著作—分享生命的心路歷程
三、BOD　旅遊著作—個人深度旅遊文學創作
四、BOD　大陸學者—大陸專業學者學術出版
五、POD　獨家經銷—數位產製的代發行書籍

BOD 秀威網路書店：www.showwe.com.tw
政府出版品網路書店：www.govbooks.com.tw

永不絕版的故事・自己寫・永不休止的音符・自己唱